KB024429

컨티뉴

컨티뉴

윤자영, 전건우, 은상, 서은건, 정명섭 지음
초판 1쇄 발행일 2022년 6월 10일
펴낸이 이숙진 **펴낸곳** (주)크레용하우스 **출판등록** 제5-80호
주소 서울 광진구 천호대로 709-9 **전화** (02)3436-1711 **팩스** (02)3436-1410
홈페이지 www.crayonhouse.co.kr **이메일** crayon@crayonhouse.co.kr

* 빚은책들은 재미와 가치가 공존하는 ㈜크레용하우스의 도서 브랜드입니다.

ISBN 978-89-5547-934-8 04810

컨티뉴

윤자영 전건우 은상 서은건 정명섭

빛은
책들

차례

머리말

편집자의 당부

"컨티뉴X라는 게임기에 빠져든다."

이 책은 이 하나의 아이디어에서 시작했습니다.

다른 설정은 없이 이 단 하나의 아이디어가 다섯 명의 작가에게 돌아갔습니다. 현직 선생님이자 추리소설가인 윤자영 작가, 한국에서 거의 유일하게 공포소설 전문인 전건우 작가, 현직 편집자이자 청소년 소설을 주로 쓰던 은상 작가, 현직 웹툰 프로듀서인 서은건 작가, 그리고 처음 아이디어를 낸 역사·추리·좀비 전문가인 정명섭 작가.

이렇게 가지각색 경력을 가진 다섯 명의 작가가 하나의 짧은 아이디어에서 시작한 이야기를 나름 펼쳐 냅니다. 가상현실과 메타버스라는 거대한 현대의 화두를 어떤 상상력으로 풀어 내는지 흥미를 갖고 지켜봐 주시면 고맙겠습니다.

프롤로그

무인으로 주행하는 버스에서 내린 '나'는 집으로 향한다. 가면서 내내 손목에 찬 웨어러블 워치로 일자리를 검색한다. 하지만 대부분은 험한 일이거나 서울을 떠나야 하거나 오랜 시간을 투자해야만 할 수 있는 일이었다. 얼마 전까지는 그나마 배달을 하는 라이더라도 할 수 있었지만 무인 주행 오토바이와 계단으로 올라갈 수 있는 사족 보행형 로봇이 나오면서 끝나고 말았다. 아직 배달 라이더들은 남아 있지만 경쟁에서 형편없이 밀리면서 곧 사라질 상황이었다. 답답해진 나는 하늘을 올려다봤다. 드론 택시들이 빠른 속도로 하늘을 날고 있는 게 보였다. 한숨을 쉬면서 다시 걷는데 길거리의 가로수와 전봇대에서 가상광고가 보였다.

"어, 컨티뉴X10이네."

몇 년 전 혜성처럼 등장한 가상현실을 이용한 게임기였다. 눈에 '고글을 쓰고, 귀에 헤드셋을 착용한 뒤, 진동 센서가 부착된 장비를 착용하는 식으로 게임을 즐긴다. 고글을 통한 영상은 물론 헤드셋을 통해 소리, 그리고 진동 센서가 움직이면서 몸에 감촉까지 느끼게 해준다. 스파이더 센서는 뇌파를 조작해 오감을 느끼게도 해준다고 한다. 게임기만 구입하면 캐릭터나 무기를 사느라 별도의 돈을 쓸 필요가 없었다. 따라서 컨티뉴X 시리즈는 엄청난 인기를 끌었다. 특히 곧 출시될 컨티뉴X10은 큰 관심을 끌고 있었다.

일자리를 찾기 힘든 현실에 지친 나는 컨티뉴X10이 나오기만을 손꼽아 기다렸다.

“지겨운 현실을 벗어날 수 있잖아.”

하지만 금방 출시된다고 하던 컨티뉴X10은 테스트 중이라는 뉴스만 나오는 중이었다.

– *세상을 바꾸는 컨티뉴X10이 곧 출시됩니다. 출시에 앞서 소비자들이 직접 참여할 수 있는 베타 테스트를 시행 중입니다. 지금 바로 신청하실 수 있습니다.*

며칠 후, 모니터가 깜박거리고 있는 한 회사의 사무실. 오퍼레이터들이 회장 김루나에게 긴급히 보고하는 소리가 들린다.

“감마 123번 뇌파 확인됐습니다.”

“감마 9번도 접속했습니다.”

“델타 661번은 투입될 게임이 결정되었습니다.

“시그마 1112번도 방금 접속 완료되었습니다.”

“감마 25번은 신체 상태 체크 중입니다.”

메타버스 탐정학교

윤자영

서울 ○○동 대저택, 대한민국의 최고의 기업 조왕근 회장의 집이다. 대저택 거실에 난감한 표정의 남자들이 있었다. 남자들은 경찰정복 차림이었고, 그들의 어깨에는 태극무늬가 포함된 무궁화가 여러 개 박혀 있었다. 경찰청에서 높은 직급에 있음을 알 수 있었다.

"이런 쓸모없는 새끼들!"

회장은 남자들에게 달려가 귀싸대기를 후려쳤다. 남자들은 고개가 팩하고 돌아갔지만 불쾌한 표정을 짓기보다 송구스러운 듯 머리를 조아렸다.

"서울경찰청장이나 되는 놈이 그깟 거 하나 밝혀내지 못해?"

태극무궁화 세 개를 계급으로 달고 있는 남자가 입을 열었다.

"회장님 죄송하지만 모든 정황이 자살입니다. 유능한 형사들이 모두 그렇게 판단했습니다."

"이 멍청한 놈아! 너 같으면 10조 원 유산을 놔두고 자살하겠냐?"

3일 전 조왕근 회장의 외동아들 조민석이 자신의 방에서 죽은 채 발견됐다. 조민석은 다른 재벌 2세들과 마찬가지로 뉴스에 연신 얼굴을 비췄다. 물론 사회적으로 물의를 일으킨 경우가 대부분이었다. 조민석은 자신의 방에 텐트를 치고는 안에 번개탄을 피웠다. 부검 결과 사인은 일산화 탄소 중독이었다. 타살이라면 혈액에서 수면제 성분이라도 나와야 하는데 알코올 빼고는 없었다. 조민석의 혈중 알코올 농도는 0.06퍼센트로 방에는 거의 매일이다시피 마시는 양주와 안주가 세팅돼 있었다. 타살의 증거는 되지 못했다.

술에 취했다지만 면허정지 정도의 혈중 알코올 농도인데 방으로 들어와 텐트를 치고, 그 안으로 옮겨서 번개탄까지 피우는데 깨지 않을 리가 없었다.

"그놈이 얼마나 돈을 밝히고, 놀기를 좋아하는 놈인데 자살? 분명 누군가 아들놈을 죽인 것이야. 이것을 밝혀내는 놈이 다음 경찰청장이 되는 거야. 그렇게 알아."

회장은 남자들의 얼굴에 손가락을 옮겨가며 말했다.

그때 한 남자가 앞으로 걸어 나왔다.

"회장님. 자금을 조금 지원해 주시면 방법을 찾을 수도 있겠습니다만……."

방법을 찾는다는 말에 회장의 눈이 날카롭게 빛났다.
“김 차장 돈은 문제가 아니야. 반드시 찾아내게.”

1

신제이는 자신의 방으로 뛰어 들어와 방문 손잡이의 똑딱이를 눌러 잠갔다.
“히히히 이게 컨티뉴X10이라는 거지?”
제이는 집 앞에서 수상한 드론을 만났다. 드론은 제이를 스캔하더니 들고 있던 박스를 내려놨다. 고급박스 표면에는 컨티뉴X10이라고 쓰여 있었다. 제이는 서둘러 박스를 뜯었다. 기존 모델과 다른 새로운 모습이었다. 기계 외관은 간단해 보였지만, 성능이 극도로 개선돼 완전히 현실적인 메타버스 공간을 만든다는 광고를 보았다.
머리에 쓴 게임기가 작동하더니 순간 머리가 따끔했다. 몸은 중력을 거스르는 듯 이동하는 느낌이 들었다. 신제이가 눈을 떴을 때는 한 사무실이었다. 의자에 앉아 있었고, 책상을 사이에 둔 맞은편에는 정장을 깔끔하게 입은 젊은 남성이 노트북 화면을 보고 있었다.
신제이는 주변을 살폈다. 거대한 강당 같은 곳에서 여기만 스포트라이트를 받는 듯 위에서 빛이 내렸다.

"시그마 1112번. 정신이 들었나?"

"시그 뭐요?"

"시그마 1112번."

"제 이름은 신제이예요."

"아니, 이곳에서 너는 시그마 1112번이야."

"제이라고요!"

제이가 반복하자 남자는 팔짱을 꼈다. 잠시 제이를 째려보고는 말을 이었다.

"시그마 1112번은 추리에 자신이 있나?"

"신제이는 추리에 자신이 있죠. 명탐정이 꿈이에요."

남자는 컴퓨터 화면을 잠시 보았다.

"여기 보니 방 탈출 카페 해법을 인터넷에 공개했다가 고발당했더군."

"흥! 그따위를 방 탈출이라고 하니 돈이 아까워 그랬죠."

"꽤나 자신 있나 보군."

신제이는 어깨를 살짝 으쓱했다.

"저는 방 탈출 게임을 하나요?"

"아니, 자네는 추리 게임을 한다. 하지만 게임을 시작이나 할 수 있을까?"

"뭐, 테스트가 있나요?"

"테스트 축에도 못 끼지. 그럼 저 방으로 들어가서 게임을 시작해라."

남자는 손가락을 들었다. 신제이 뒤에 조명이 들어오고, 문이 하나 나타났다. 문에 3D 입체 글씨가 떠올랐다.

고래, 잔치, 짱, 머리, 바둑

영어 5자리를 넣으세요.

시간이 60부터 줄어들기 시작했다. 영어 5자리의 암호를 넣으라는 이야기고, 제한 시간은 60초란 이야기다. 입체 글씨의 아래 쪽에 컴퓨터 홀로그램 자판이 떠올랐다.

"고래가 영어로 뭐였지?"

시간은 벌써 40초대로 줄어 있었다. 생각하자. 설마 답이 영어라도 각 단어의 첫 영어 글자는 아닐 것이다. 그건 추리가 아니다. 시간은 어느덧 20초. 19초. 18초…….

"후후후 자신만만하더니 꼴좋구나."

신제이는 남자를 돌아보며 소리쳤다.

"생각 중인데 입 좀 다물어 주실래요? 누굴 돌머리로 알아요?"

잠깐! 돌머리? 제이는 다시 문제를 돌아보았다. 정답이 보였다. 제이는 일어나서 홀로그램 자판으로 걸어갔다. 그리고 알파벳을 차례대로 눌렀다.

S.T.O.N.E.

“정답은 스톤, 공통으로 들어가는 단어네요. 돌고래, 돌잔치, 짱돌, 돌머리, 바둑돌.”

홀로그램 글자들이 OK로 바뀌었다.

“이번 퀴즈에서 무려 70퍼센트의 사람들이 떨어져 나갔는데 대단하군.”

“운이 좋았어요.”

남자가 컴퓨터 화면을 클릭하자 문이 스르륵 하고 열렸다.

“시그마 1112번 통과.”

“호호 제 이름은 신제이랍니다. 아저씨 말이 힌트가 되었으니 봐줄게요. 그럼 빠이.”

2

문 안으로 들어가자 교실이 나왔다. 지금 다니는 학교 교실과 별다른 점이 없었다. 다만 20명 정도의 다양한 사람들이 있었다.

제이는 문에 서서 교실을 둘러보았다. 머리가 백발인 할아버지는 수첩에 무언가를 기록하다가 막혔는지 볼펜으로 머리를 긁적였고, 맨 앞에 젊은 남자는 정장을 깔끔하게 차려입고 앉아 있었다. 책을 보는 아줌마, 창가에서 그림자놀이를 하는 또래 남학생도 보였다.

"시그마 1112번 들어가 앉아라."

뒤를 보자 덩치가 산만한 남자가 서 있었다. 검은색 수염은 덥수룩했고, 손에는 무슨 용도인지 알 수 없는 지시봉이 들려 있었다.

"칫."

제이는 맨 뒤에 있는 빈자리에 가서 앉았다. 교실 안 모두의 시선이 앞에선 남자에게 모이자 그는 입을 열었다.

"모두들 반갑다. 탐정 학교에 온 것을 환영한다. 난 탐정학교 A반 담임교사 뉴트리노 23이다."

그때 머리가 흰색인 할아버지가 불만의 말을 꺼냈다.

"그런데 왜 반말이쇼?"

담임교사는 할아버지를 지시봉으로 가리켰는데 그 끝에 불빛이 일렁였다.

"시그마 485번 불만이면 당장 나가라."

할아버지의 얼굴이 벌겋게 달아올랐지만 더는 말이 없었다. 담임교사가 지시봉으로 겨냥하자 전면 모니터에 화면이 떠올랐다.

서바이벌 탐정학교 1등 졸업자에게는

10억 상금이 주어집니다.

10억이라는 소리에 교실이 시끌시끌하게 변했다. 단순히 새로 나온 컨티뉴X10 테스트에 참여하는 줄 알았는데 거액의 상금이라니 사람들의 눈빛이 변하는 것은 당연했다. 담임교사는 지시봉으로 교탁을 탁탁하고 쳤다. 그러자 불티가 튀었다. 정말 무슨 용도인지 알 수 없는 물건이었다.

"조용! 지금부터 추리 게임을 시작한다. 이미 게임이 시작되었으므로 어떠한 질문도 받지 않겠다. 지금부터 너희들은 팀을 만든다. 2인 1조로 다음 단계로 넘어갈 것이다. 그럼 시작!"

담임교사의 말이 끝나기가 무섭게 사람들이 서로를 관찰했다. 서로에게 다가가 질문하고 대답하며 상대를 파악하고 있었다. 10억의 상금을 받으려면 도움이 되는 사람을 찾아야 했다.

그때였다. 맨 앞에 앉아 있던 깔끔한 양복 차림의 남자가 제이에게 다가왔다.

"안녕? 난 시그마 45번이야."

"뭐예요?"

"뭐긴? 같이 팀을 하자는 거지. 그리고 내가 먼저 소개했으면 자신을 소개하는 것이 에티켓이란다.”

“신제이예요.”

“아니, 관리번호를 알려 줘야지.”

“왜요?”

“왜긴 모두 그렇게 부르니까.”

“저는 싫어요.”

남자는 게임에서 렉이 걸린 것처럼 얼굴이 일그러졌다.

“여기서는 관리번호를 불러야 해.”

“저는 아저씨랑 팀을 하고 싶지 않으니 다른 사람 찾아보세요.”

“너 후회한다. 난 아주 많은 것을 알고 있어. 걸어 다니는 백과사전이지.”

“필요 없어요.”

남자는 이해할 수 없는지 고개를 갸웃했다. 그때 한 젊은 여성이 다가왔다.

“시그마 45번 님 그럼 저랑 팀을 해요. 전 시그마 1004번이랍니다. 천사. 번호도 좋죠?”

남자는 목표를 돌리는 것처럼 천사 여자에게 미소를 지었다.

이 실제 같은 상황은 분명 메타버스 공간이다. 그렇다면 저들 중 일부는 NPC(Non Player Character)일 가능성이 있었다.

제이는 눈을 감고 담임교사의 말을 다시 떠올렸다.

'지금부터 추리 게임을 시작한다. 이미 게임이 시작되었으므로 어떠한 질문도 받지 않겠다.'

추리는 단서 하나, 말 하나를 놓치지 않는 것이 관건이다. 담임교사의 말을 그대로 해석하자면 게임을 시작하고 팀을 짜는 것이다. 이게 뭐가 이상하냐고? 보통은 팀을 짜고 게임을 시작하지 않을까? 고로 팀을 짜는 것 자체가 첫 번째 게임인 것이다. 담임은 팀을 짜서 다음 단계로 넘어가라고 했다. 이번 단계는 NPC를 걸러내는 것이 테스트다.

"오호, 첫 번째 팀이 출발하는군."

담임교사의 말이다. 시그마 45번 남자와 1004번 여자는 문을 열고 미지의 공간으로 나아갔다. 관리번호를 대라고 주장하는 남자는 NPC일 것이다. 1004번 여자는 탈락이다.

"1등 팀이 먼저 나오면 게임은 끝난다고. 빨리 출발하는 것이 좋을걸?"

담임교사의 말에 교실의 사람들이 서둘러 팀을 만들었다. 제이는 교실을 둘러봤다. 창가에서 연필을 세우며 그림자놀이를 하던 남학생은 아직도 놀이를 하고 있었다.

"NPC는 저런 놀이는 하지 않겠지."

제이는 남학생에게 다가갔다.

"뭐하니?"

남학생은 힐끗 보면서 물었다.

"네 이름은?"

"신제이. 넌?"

"이태오."

"뭐하니?"

태오는 책상 위에 연필로 체크한 곳을 손가락으로 만졌다.

"이 메타버스 공간이 실재하는 공간인지, 아닌지를 알아보고 있었어."

"태양의 그림자로 그것을 알 수 있어?"

"현실에서는 아침에 그림자가 길고, 정오에 가장 짧아. 태양의 고도에 따라 그림자 길이는 변해야 한다는 거야."

"오! 여긴 어떤데?"

"그림자의 길이가 변하지 않아. 움직이기는 하지만 저 태양은 가짜야."

"그렇다면 여기가 메타버스 속 공간이 맞는 거네?"

"그렇다고 봐야지."

과학적 원리로 이 공간의 존재를 확인한 태오는 NPC가 아닌 것이 틀림없다. 제이는 손을 내밀었다.

"나랑 같이하자."

"좋아."

둘은 담임교사 앞으로 갔다. 남자는 둘을 보고 말했다.

"시그마 1112번과 시그마 776번은 한 팀을 만든 건가?"

"네, 우리는 '신제이'와 '이태오'지만요."

"아니 여기서 넌 시그마 1112번이다."

"아, 지겨워. 선생님은 이름 없어요?"

"난, 뉴트리노 23이다."

"아니요. 여기 들어오기 전 이름이 있을 것 아니에요. 원래 이름이요."

"그래. 나의 원래 이름이 뉴트리노 23이라고."

고장 난 시계처럼 대답하는 선생님은 NPC일 가능성이 높았다. 제이는 태오의 귀에 속삭였다.

"여기 단계의 NPC들은 이름이 없을 거야."

태오도 같이 속삭였다.

"그게 중요해?"

"추리에 도움이 될걸?"

"일부러 그럴 수도 있잖아?"

"잘 봐."

제이는 담임교사에게 한발 다가갔다.

"선생님 여기 좀 보세요. 제 손바닥이 아파요."

담임교사가 손바닥을 들여 보려는 순간 제이는 손뼉을 치며 큰소리를 냈다.

"왕!"

제이는 선생님을 놀라게 하려는 심산이었지만, 눈 깜짝하지 않는 담임교사는 고개를 들고는 말했다.

“시그마 1112번 탈락하려고 그러나?”

“농담이에요. 농담. 이제 출발할까요?”

담임교사는 손가락으로 앞문을 가리켰다.

“저 문으로 나가라.”

제이는 문으로 다가가며 태오에게 속삭였다.

“선생님이 진짜 사람이라면 당연히 놀라야겠지?”

“맞아. 내가 유심히 봤는데 선생님의 동공은 크기가 변하지 않았어.”

“오! 혹시 태오 너 형사야?”

“그거 농담이지? 난 과학을 좋아하는 고등학생일 뿐이야.”

“그래그래. 내가 팀원을 잘 골랐네. 어서 시작하자. 늦은 만큼 분발하자고.”

둘은 하얀빛이 보이는 문으로 들어갔다.

3

문을 나서자 새벽에 형광등이 켜진 것처럼 눈이 부셨다. 잠시 정신이 나갔다가 들어온 느낌도 들었다. 시력이 돌아와서 보니 이번에는 외부였다. 레트로풍 드라마에서 본 구도심의 골목처럼 허름한 빌라들과 복잡한 전봇대의 전선들이 보였다. 제이는 사방을 둘러보며 감탄했다.

"우와, 진짜 여기가 메타버스 속 가상공간이란 것이 믿기지 않는다."

제이는 마찬가지로 두리번거리는 태오의 볼을 세게 꼬집었다.

"아! 왜 그래? 미친 거야?"

"가상공간이라면 네가 왜 아픈 거야? 지금 네 몸은 현실 어디선가 컨티뉴X10을 쓰고 누워 있을 것 아니야?"

꼬집힌 볼에 혀를 밀어 넣었는지 태오의 볼이 볼록 솟았다.

"신체의 모든 반응은 뇌에서 보내는 전기 신호야. 신맛을 느끼는 것은 수소이온과 결합한 미각세포가 전기를 만든 것이고, 냄새는 후각세포가 냄새 분자와 결합한 것이지. 지금의 경우는 내 볼의 통점에서 전기를 만들었고 말이야. 컨티뉴X10은 상황에 맞는 전기 신호를 뇌에 보내는 거야."

"와, 너 과학자네."

"이런 건 고등학교 때 배우는 거라고!"

"내가 아무리 공부를 못 한다고 날 놀리기야! 그런걸 학교에서 배운다고?"

태오는 더는 말을 섞기 싫다는 듯 손을 자신의 눈앞에서 흔들었다.

"됐다. 됐어. 저기 NPC가 있다. 이제 게임의 시작인가 봐."

태오가 가리킨 전봇대 옆에 어린아이가 쭈구리고 앉아 울고 있었다. 제이는 성큼성큼 다가가 물었다.

"꼬마야, 네 이름이 뭐니?"

꼬마는 옷으로 눈물을 훔치며 대답했다.

"경일이에요."

제이는 태오에게 귓속말했다.

"여기서부터는 이름이 있네."

"쓸데없는 소리 말고 질문을 해."

제이는 손가락으로 오케이 모양을 만들었다.

"경일아, 왜 우니?"

"할머니가 앓아누우셨어요. 다니던 공장에서 억울하게 쫓겨나셨거든요."

억울한 사연을 푸는 것이 이번 단계의 미션인 듯하다.

"누나와 형한테 말해 볼래? 우리가 해결할지도 모르잖아."

"우리 집은 여기예요. 들어오세요."

바로 뒤에 있는 경일이네 집에 들어가자 할머니는 머리를 흰색 천으로 감싸고 누워 있었다. 역시 레트로 설정이었다. 할머니는 경일이를 보자 희미한 신음을 내며 일어났다.

"인석아, 어디 갔다가 지금 들어오는 거야."

"할머니를 도와줄 분들을 데려왔어요."

할머니는 둘을 보고는 머리가 아픈지 다시 끙 소리를 내며 자리에 누웠다.

“할머니 사연을 말씀해 보세요. 경일이가 그러는데 할머니에게 억울한 일이 있었다고요?”

할머니는 고개를 끄덕이고는 몸을 세워 베게 옆의 사발을 들어 물을 벌컥벌컥 마셨다. 속에서 올라오는 불길을 찬물로 식히는 것 같았다. 할머니는 한숨을 크게 내쉬고는 말했다.

“이제 어떡하면 좋을까? 퇴직금도 없이 쫓겨나면 저 어린 것과 어떻게 살지 막막하네.”

제이가 엄지로 자신의 가슴을 가리켰다.

“이래 봬도 전 국내 모든 추리 카페의 문제를 해결했어요. 어서 말해 보세요.”

할머니는 찬찬히 사연을 말해 주었다. 할머니는 한 공장의 구내식당에서 조리장으로 근무하고 있었다. 가장 높은 직책인 영양사가 있었지만, 실질적인 업무는 조리장인 할머니가 조리사들과 담당했다. 직원이 300여 명 되는 공장인데 점심과 저녁 식사를 만들어 직원들에게 제공했다.

할머니는 음식을 조리할 때, 항상 조심했는데 어제 난데없이 식중독 사고가 터졌다. 점심을 먹은 외국인 노동자 여섯 명이 복통을 호소했다.

사장 아들인 젊은 전무가 조리 책임자인 할머니에게 책임을 물어 해고했고, 외국인 노동자의 치료비로 얼마 되지도 않는 퇴직금을 압류했다고 하였다. 원래 영양사가 최고 책임자지만 실제 음식 재료를 받고 조리하는 사람의 대표는 조리장인 할머니라 책임을 피할 수 없게 됐다. 참 안타까운 사연이었다.

태오가 심각한 표정을 지으며 할머니에게 물었다.

“할머니 음식 조리는 잘되었나요? 뭔가 이상하거나 문제 있었던 것 없어요?”

“내가 그 식당에서 20년을 일했어. 내 식구들 먹는다 생각하고 조리에 특히 신경썼지. 재료도 매일 신선한 것을 받았는데 왜 복통을 일으켰는지 모르겠네.”

“식중독이 일어났으면 보건소에서 조사하지 않나요? 뉴스에서 보면 역학조사 이런 것을 한다던데.”

할머니는 한숨을 크게 쉬고는 말했다.

“그게 문제야. 만약 식중독이 알려지면 회사 이미지에 큰 악영향이 있어. 그리고 거기 외국인 노동자 대부분 불법 체류자거든. 아마 신고를 받고, 경찰이 온다면 그 사람들은 모두 자기네 나라로 쫓겨나야 해. 먼 타국까지 가족을 부양하자고 왔는데 나 때문에 쫓겨날 수는 없잖아.”

“그래서 할머니에게 책임을 다 떠넘겼다고요?”

“재료도 신선했고. 매일 똑같은 일을 해 왔는데 그날만 이상이 있다니까 억울할 수밖에 없지.”

옆에서 가만히 듣던 제이가 무슨 생각이 났는지 손가락을 튕겨 딱 소리를 냈다.

"할머니 300여 명의 직원이 모두 같은 음식으로 식사한 거죠?"

"그렇지."

"그런데 왜 하필 여섯 명만 복통을 일으켰죠? 정말이지 뭔가 이상하네요."

할머니도 의심스러운지 눈매가 가늘어졌다.

"그…… 그러게. 우리 조리사들도 그 음식을 먹었는데 아무 이상 없었거든. 모두 같은 음식을 먹었는데 왜 여섯 명만 복통을 일으켰는지……."

태오가 말을 받았다.

"식중독은 소화기계 질병으로 비브리오, 포도상구균에 의해 일어납니다. 식중독균이 특정 음식에 들어 있었다면 그 음식을 먹은 모든 사람이 식중독에 걸렸어야 해요."

제이가 태오의 등을 토닥였다.

"역시 넌 과학자네. 이제 이 누나의 추리를 들려 주지. 이건 분명 사건의 냄새가 나!"

제이는 모든 사람의 얼굴을 한 번씩 보더니 긴장된 목소리를 냈다.

"만약 이 식중독 사건을 누군가 일으켰다고 가정해 봅시다. 그 누군가는 왜 이런 일을 벌였을까?"

제이는 탐정처럼 한 번 뜸을 들이고는 말했다.

"그건 이익을 보기 때문이야. 할머니, 할머니 회사 공장에서 식중독이 일어나면 이익을 볼 사람이 있을까요?"

제이의 말에 할머니는 무슨 생각이 났는지 눈이 커지며 말했다.

"공장의 선대 사장님이 있는데 나이가 들어 곧 은퇴하고 아들들이 공장을 이어받게 됐어. 두 아들이 있는데 서로 이사회의 신임을 받아 사장이 되려는 경쟁 관계에 있지. 큰아들은 판매와 마케팅 쪽을 맡고 있고, 둘째 아들이 공장 실무를 맡고 있어. 이번 식중독 사건으로 공장 실무를 책임지는 둘째 아들이 심하게 타격받을 거야."

제이는 어느새 방에 있던 노트에 할머니가 말하는 것을 기록했다.

"오! 좋은 정보예요. 그 말씀을 토대로 보면 큰아들이 작은 아들을 음해하려고 식중독 사건을 일으켰을 가능성이 크네요."

할머니는 제이의 말을 듣고 잠시 고민하더니 고개를 좌우로 흔들었다.

"조리실에 있는 사람은 영양사 한 명, 그리고 우리 조리원 다섯 명이 다야. 그리고 외부인은 들어오지 않았으니 음식에 장난을 친다면 우리 중에 하나겠지. 하지만 음식 사고가 난다면 영양사, 조리사 모두 큰 타격을 입어. 우리 중에는 범인이 있을 수 없어. 그리고 음식은 대량으로 조리하고 개인별로 배식하고 있어서 여섯 명에게만 균을 넣기는 쉽지 않을 거야."

사건이 해결될 기미가 보이지 않자 할머니는 힘든지 몸을 벽 쪽으로 돌렸다. 태오가 누워 있는 할머니 뒤에 대고 말했다.

"할머니, 어린 경일이를 위해서라도 힘내셔야죠. 우리가 한 번 알아볼 테니 어서 기운 차리세요. 저희와 경일이는 사건의 진상을 알아보겠습니다."

제이는 태오의 등짝을 한 대 때렸다.

"야, 게임 NPC에게 뭐 그런 말까지 하냐?"

"아, 아파. 여긴 가상 세계지만, 고통도 느낀다는 것을 알아줘. 그리고 난 게임 캐릭터라도 불쌍하다고."

제이의 눈에 할머니의 머리맡에서 눈물을 흘리는 경일이 보였다. 태오가 한 말 때문인지 조금 안타깝게 느껴졌다.

"에이. 걱정 마. 경일아. 이 누나는 추리왕이거든. 네가 우리를 좀 도와줘."

둘은 경일이와 함께 밖으로 나왔다. 서쪽으로 해가 넘어가고 있었다. 경일의 안내로 할머니가 일하던 공장으로 향했다.

“그런데 제이야. 공장에 가서 어떡할 거야?”

“둘째 아들을 만나야지.”

“왜지?”

“첫째 아들에게 공작을 당했을 확률이 높으니 진실을 밝히는데 그를 이용해야지.”

태오가 손뼉을 쳤다.

“너, 생각보다 똑똑하구나? 과학을 하나도 몰라서 바보일 줄 알았는데.”

제이는 때리는 척 손을 올렸다. 태오는 재빨리 자신의 손을 들어 막았지만, 제이는 배를 한 대 쳤다.

“컥, 아이 진짜 아프다니까.”

제이는 고통스러워 일그러진 태오의 얼굴을 보고 말했다.

“이 추리 게임 진짜 재밌다. 실재 같으니까 더 스릴 있어. 고통도 느끼고 말이야.”

경일이를 따라 10분쯤 걸어가자 한 공장이 나왔다. 제이와 태오가 공장 안을 두리번거리자 경일이가 말했다.

“이제 어떡하죠?”

“경일아, 할머니가 말한 사장의 둘째 아들 얼굴을 아니?”

제이가 경일이를 보고 물었다.

“아니요.”

“그래? 그럼 일단 들어가서 찾아보자.”

제이가 앞장서고 둘이 뒤따랐다. 야간 근무가 한창인지 공장 건물에 불이 켜져 있었다. 그렇게 건물 이곳저곳을 돌다가 한 건물의 열려 있는 문으로 안을 엿보고 있는데 누군가 소리쳤다.

"뭐야? 너희들!"

깜짝 놀라 뒤돌아보니 30세 중반 가량의 남자가 서 있었다. 남자는 덩치가 컸고, 검은색 양복을 입고 있어서 깡패처럼 보이기도 했다.

"형이 보낸 도둑 고양이군? 너희들 오늘 죽을 줄 알아라."

남자가 다가오자 제이는 손바닥을 펴 보였다.

"잠깐! 우리는 도둑 고양이가 아니에욧. 음, 그러니까 탐정입니다."

"뭐! 탐정? 헛소리 마! 애들끼리 여기 뭐 하러 왔어?"

태오가 앞으로 나서서 정중하게 말했다.

"이 애는 여기 조리장이셨던 할머니의 손자예요. 할머님이 억울한 일을 당하셨다고 해서 도움을 주고자 찾아왔습니다."

예의 바른 태도에 남자는 의심이 조금은 풀렸는지 쥐었던 주먹을 풀었다.

"그 조리장 할머니가 네 할머니야? 그 할망구 때문에 나도 망했다고. 이번 식중독 사건 때문에 아버지가 형의 편을 들기 시작했단 말이야. 진짜 억울한 건 나라고."

제이가 태오를 옆으로 밀어내고 앞으로 나섰다. 앞에 있는 남자의 말에 따르면 할머니가 말한 둘째 아들이 분명했다.

"아저씨의 형이 식중독을 일으켰다면요?"

"뭐라고? 서, 설마."

"지금 당장 조리실을 조사해야 해요. 형이 증거를 없앨 거예요."

증거 인멸이란 말에 남자는 눈썹이 위로 치켜 올라갔다. 조금 더 밀면 넘어올 것이다.

"아까 아저씨는 우리보고 뭐라고 했나요? 형이 보낸 도둑고양이라고 하지 않았나요? 아저씨도 형이 의심스럽죠?"

남자는 팔짱을 풀고는 가슴에서 명함을 꺼내 앞으로 내밀었다.

명운상사 상무 전 기 철

"난 우리 공장 상무다. 네 말은 형이 식중독 사고를 냈다고 하는 건데, 네가 의심하는 지점을 말해봐."

제이는 헛기침을 두 번 하고 말을 시작했다.

"의심스러운 점이 한두 가지가 아니에요. 300명이 같이 식사했는데 여섯 명만 식중독에 걸린 것, 그들이 모두 외국인 불법 체류자라는 것, 그리고 식중독 사고가 일어나면 역학조사를 해서 원인을 찾아야 하는데 쉬쉬한다는 것이 의심스러워요."

전기철은 고개를 끄덕였다.

"맞아. 나도 식중독 사고에 대한 책임을 지는 것이 억울해서 역학조사를 주장했지만, 아버지는 회사의 이미지 추락을 걱정하셨어. 식중독과 회사 물건은 아무 상관없지만 회사는 이미지에 큰 영향을 받거든. 이번 사건으로 아버지는 후계자를 형 쪽으로 생각하시는 것 같아."

"형이 식중독 사건을 꾸몄을 수 있을까요?"

무슨 생각을 하는지 전기철의 눈이 가늘어졌다.

"형이라면 충분히 그러고도 남지. 어려서부터 페어플레이라곤 할 줄 몰르거든."

"그렇다면 형이 어떠한 경로로 외국인 노동자 여섯 명의 음식에 식중독균을 넣었다는 것인데 어떻게 넣을 수 있었을까요?"

전기철은 손가락을 들어 제이의 얼굴을 가리켰다.

"그건 너희가 밝혀야지. 내 사례비는 두둑이 주지."

사례비라는 말에 제이는 함박웃음을 지었지만, 그 웃음을 지우려는 듯 태오가 옆에서 손을 흔들었다.

"학생에게 무슨 사례비를 이야기합니까? 다만 사건이 해결된다면 여기 경일이의 할머니를 다시 복직시켜 주세요."

"좋아. 내 반드시 복직시켜 주마."

태오가 제이를 돌아보며 혀를 날름 내밀었다. 제이는 순간 열이 났지만, 할머니를 복직시켜 준다는 말에 경일이 팔짝팔짝 뛰며 좋아해서 더는 말하지 않았다.

"자, 상무 아저씨 시작하죠. 형의 사무실은 어딘가요?"

"형의 사무실은 동쪽 끝 건물의 5층이야."

제이는 형을 감시할 필요가 있다고 생각했다. 그런데 5층이라 쉽지 않을 것 같았다.

"혹시, 뭐 필요한 것 있니?"

때마침 전기철이 물었다.

"촬영용 드론 있나요?"

"있지."

전기철에게 드론을 받은 셋은 동쪽 끝 건물 아래로 왔다. 다행히 태오가 드론 조종법을 알고 있었다.

"메타버스 속에서 드론을 날릴지 몰랐네. 드론에도 많은 과학이 들어 있어. 프로펠러 네 개 중 두 개는 정방향, 두 개는 역방향으로 회전……. 아!"

제이가 설명을 늘어놓는 태오의 옆구리를 꼬집었다.

"과학 강의는 그만두고 어서 임무를 수행해 줘."

드론이 조용히 하늘로 솟았다. 건물 꼭대기에서 드론의 카메라 방향을 창문으로 맞추고 서서히 운전했다. 드론이 촬영하는 모습을 제이와 경일이 태블릿으로 보고 있었다. 한 남자가 거실에서 술을 마시고 있었다.

"오, 있다. 저 남자는 상무 아저씨의 형, 전무 아저씨가 틀림없어."

"좋아, 그리고 다른 무언가가 있어?"

태오가 하늘의 드론을 보며 물었다.

그때 화장실인지 문이 열리고 여자가 나왔다.

"엇, 잠깐만! 여자가 나왔어. 화장실에 갔었는지 방금 여자가 나왔어."

"누군데?"

"그걸 어떻게 아냐? 일단 드론을 왼쪽 창문으로 옮겨봐. 여자의 얼굴을 녹화해서 상무 아저씨에게 물어보자고."

화장실에서 나온 여자는 남자 옆에 가서 앉았다. 그리고 남자는 여자의 어깨에 팔을 둘렀고 얼굴이 점점 가까워졌다. 무엇을 하려는지 뻔했다. 키스를 하려는 것이었다. 어린 경일이 빤히 보고 있었다. 게임 캐릭터일 뿐이지만, 태오에게 전염됐는지 경일이 보면 안 될 것 같았다. 제이는 헛기침을 하면서 태블릿을 가렸다.

"경일아 너는 보면 안 돼."

촬영을 마치고 전기철의 사무실로 찾아갔다. 전기철은 사무실에 있었다.

"어때, 증거는 찾았나?"

"수상한 인물을 찾았습니다."

제이는 드론으로 찍은 영상을 전기철에게 보여주었다.

"형과 같이 있던 여자가 있어요. 둘이 깊은 사이인 것 같은데 이 여자가 누군지 알겠어요?"

동영상을 보던 전기철은 고개를 끄덕이며 대답했다.

"이 여자는 우리 식당의 영양사야."

전기철의 말에 제이의 두뇌가 번개 치듯 빠르게 회전했다.

"그렇군요. 형과 영양사가 깊은 사이라면 이번 식중독 사건은 형과 영양사의 합작품이군요. 영양사라면 조리실에서 일하니 식중독 균을 여섯 명에게만 넣을 수 있었을 겁니다. 그리고 식중독 사고의 최고 책임자는 영양사인데 그 책임을 조리장인 경일 할머니에게 뒤집어 씌울 수 있었던 것은 영양사의 뒤에 형인 전무 아저씨가 있었기 때문이고요."

제이가 설명하자 전기철은 인상이 구겨지기 시작했다.

"형이 영양사를 이용해 식중독 사건을 만든 거야. 식중독 사건으로 공장의 업무를 총 책임지는 나에 대한 아버지의 신뢰를 떨어뜨리기 위해서겠지."

전기철은 자리를 박차고 일어섰다.

"형에게 가자고. 가서 이 동영상을 보이고 사건을 명명백백히 밝히자고."

이제 식중독 사건은 잘 해결될 것이다. 전무실로 이동 중에 태오는 경일이를 집으로 보냈다.

"경일아 이제 사건이 잘 해결될 것 같아. 넌 할머니께서 걱정하시니까 사건이 잘 해결됐다고 말씀드리고, 간호해 줘. 이제 곧 마무리될 거야."

"알겠어요. 감사합니다."

경일이가 공장 정문을 통해 나가는 것을 확인하고는 제이가 태오의 어깨에 팔을 둘렀다. 어린 경일이 게임 속 캐릭터일지라도 약자를 위하는 태오의 진심이 느껴졌기 때문이다. 태오는 또 때리는 줄 알고 움찔했다.

"왜 움찔해? 나 감동했다고."

"넌 내가 아는 여자 중에 가장 손버릇이 무섭다고."

"칫, 게임이 거의 끝났으니 봐준다. 어서 가자."

둘은 전기철과 함께 본관 건물 가장 높이 있는 형의 사무실로 갔다.

사무실 문에는 전무 전상철이라고 쓰여 있었다. 전기철은 화가 아주 많이 났는지 주먹으로 문을 쾅쾅 두들겼다.

잠시 후 전무 전상철이 문을 열어 주었다.

"어이 전상철! 아주 재밌는 사건을 꾸몄더군."

형인 전상철은 동생 전기철과 닮았다.

"뭐! 전상철? 이게 이제는 막 나가는구나."

"이번 식중독 사건을 잘도 꾸몄더군."

전상철의 손이 멈추고 눈동자가 미세하게 흔들렸다. 제이는 전상철이 사건을 꾸몄다는 것을 느낄 수 있었다.

"너, 너 무슨 소리야? 증거 있어?"

"증거? 여기 있지."

전기철은 제이를 돌아보았다. 증거를 보이라는 말이다.

"저는 제이, 얘는 태오입니다. 지금부터 전무 아저씨가 식중독 사건을 꾸몄다는 증거를 말씀드리죠. 영양사는 어디 숨었죠?"

전상철은 불쾌한지 인상을 찌푸렸다.

"영양사라니? 무슨 소리야?"

제이는 태블릿으로 영상을 보였다.

"이 동영상은 20분 전에 촬영한 겁니다. 영양사를 시켜 식중독 균을 넣었죠? 어서 이실직고 하시죠!"

전상철의 얼굴이 붉으락푸르락 변했다.

"나와."

전상철의 외침에 화장실에 숨어있던 영양사가 나왔다. 전상철이 생수통을 따서 한모금 마신 후 영양사에게 말했다.

"저 아이들 말이 영양사인 당신이 식중독 균을 음식에 넣었다고 하는군."

전상철의 말에 영양사의 얼굴은 무섭게 변했다.

“정말 맹랑한 아이들이군. 정말 모욕이야. 난 영양사라고. 음식가지고 장난치는 그런 사람이 아니라고!”

전상철이 그런 영양사를 거들었다.

“그렇다니까. 내 애인은 거짓말할 사람이 아니야.”

게임 속 영양사 캐릭터지만 단호했다. 그때 뒤에서 지켜보던 동생 전기철이 말했다.

“어디서 발뺌을 해? 어이 어린 탐정들 그럴 것이 아니라 우리 조리실에 가서 증거를 찾아보자고. 식중독을 일으키는 균을 조리실 어딘가에 숨겨 뒀을 거야.”

전기철의 말에 영양사는 발끈 소리쳤다.

“말도 안 되는 소리 마세요! 식당 책임자로 자존심이 허락하지 않아요.”

전기철도 지지 않았다.

“난 공장을 책임지는 상무야. 어서 가자.”

영양사는 전무의 팔을 잡았다.

“뭐라고 말 좀 해 봐요. 이런 누명을 쓰고도 가만히 있을 거예요?”

“꿀릴 것이 없다면 괜찮아. 어디 찾을 수 있으면 그 증거를 찾아보시지.”

전상철의 말에 전기철이 팔을 벌려 제이와 태오의 등을 밀었다.

"가자! 어서 조리실 가서 증거를 찾아오자고."

문까지 밀려 나가던 그때 태오가 전기철의 팔에서 빠져나오며 말했다.

"잠깐만요."

태오가 만류했다.

"어서 증거를 찾아야지. 증거를 없애면 어떡하려고 그래?"

전기철이 태오에게 말했다.

"걱정 마세요. 저들이 범인이라면 여기 있는데 무슨 증거를 감추겠어요."

"왜? 뭔가 이상한 게 있어?"

제이가 태오 옆으로 가서 작게 속삭였다.

"여기는 메타버스 속 가상공간이고 저들도 모두 NPC겠지?"

"그야 당연하지."

"그럼 이 추리 퀴즈는 누가 짰을까?"

"그야…… 직원들이 있겠지."

"하지만 공장의 두 아들의 권력다툼, 형의 애인인 영양사, 조리장 할머니의 해고 등 상황이 매우 디테일한 것이 소설 속 이야기 같지 않아?"

"음…… 태오 네 말은 이야기를 새로 짜기보다 검증된 소설을 가져오는 편이 낫다는 거지?"

"맞아. 소설이라면 조리실에서 식중독 균이 나오는 설정은 너무 단순하지 않아? 이건 10억 원이 걸린 추리 게임이라고."

"일리가 있는 말이야."

제이는 주변 캐릭터의 얼굴을 하나하나 봤다. 영양사의 억울한 목소리에서는 진실이 느껴진다. 전상철이 꾸민 일이라면 어떻게 여섯의 음식에 균을 넣을 수 있지? 제이의 머릿속에 다른 가설이 하나 떠올랐다.

"전상철 아저씨, 영양사 애인은 거짓말을 하지 않는다고요?"

"그렇단다."

"그럼 영양사 아줌마. 복통을 일으킨 외국인 노동자들은 식중독이 확실한가요?"

제이가 단호한 목소리로 물었다.

"음식을 먹고 복통을 호소해서 기숙사로 갔어. 회사 이미지를 생각해 병원에서 진단은 받지 않았단다."

"음, 그렇단 말이죠. 그렇다면 가능성이 하나 남네요."

제이는 동생 전기철을 보며 말했다.

"상무 아저씨, 지금 복통을 일으켰던 외국인 노동자 여섯 명을 만나러 가죠."

"외국인 노동자를 왜? 어서 조리실에서 증거를 찾아야지."

"당신도 NPC입니다. 이름이 시그마 2번쯤 되나요?"

"무, 무슨 소리야? 어, 어서 증거를 찾으러 조리실로 가자고."

"당신의 임무는 우리를 조리실로 데리고 가는 거죠?"

"조리실에서 증거를 찾아서……."

"됐어요."

제이는 시선을 전기철에게서 전상철로 돌렸다.

"이제 제 추리를 말하죠. 같은 음식을 먹었는데 여섯 명만 병에 걸릴 수는 없어요. 그리고 식중독 균을 넣을 수 있는 사람은 영양사, 의뢰인 할머니를 비롯한 조리사들이에요."

"다른 조리사가 넣을 수도 있지."

전상철이 말했다.

"그건 가능성이 낮아요. 출연한 캐릭터 외 범인이 있다는 것은 게임의 법칙에 어긋나죠. 영양사 아줌마가 결백하다면 복통을 일으킨 이유는 단 하나!"

게임 속 캐릭터들의 시선이 제이에게 모였다.

"꾀병입니다. 그들은 왜 꾀병을 부렸을까요? 꾀병이라는 것이 걸린다면 그들도 처벌을 피할 수 없어요. 누군가 힘 있는 사람이 뒤에서 지시했다고 볼 수밖에 없다는 거죠. 동생을 밀어내고 사장이 되려는 전상철 아저씨 당신이요."

제이는 손가락을 전상철을 가리켰다. 그때 불이 꺼지며 제이와 태오는 기절했다.

4

눈을 뜬 곳은 아무도 없는 공간이었다. 공간에서는 게임 진행자 목소리가 들려왔다.

– 시그마 1112번, 시그마 776번 해고된 조리장 단계를 통과했습니다. 보상으로 질문 아이템을 받았습니다. 어떠한 질문도 대답해 드립니다.

제이가 주먹을 불끈 쥐었다.

"예스! 추리왕 제이가 이 정도로 무너지지 않지."

"대단했어. 너 진짜 추리를 잘하는구나?"

칭찬을 들은 제이는 태오의 등을 연신 두들겼다.

"네 덕분이지. 네가 조리실에 가는 것을 말렸잖아. 아마 조리실에 갔으면 탈락했을 거야."

"그래. 근데 등 좀 살살 때려 줘."

"어허 섭하게 때리다니. 두들긴 거지."

"어서 다음 단계로 가자. 질문을 뭘로 하지?"

"나 궁금한 게 있어. 내가 질문해도 돼?"

태오는 어깨를 으쓱 올렸다.

"네가 거의 푼 것이나 마찬가지니 그렇게 해."

"오케이. 우리 질문은 이겁니다. 해고된 조리장 추리 게임은 실제로 있었던 이야기인가요?"

– 그렇습니다. 2016년 인천의 남동공단의 한 공장에서 있었던 일입니다.

"그럴 줄 알았어."

– 그럼 다음으로 갑니다. 시그마 1112번, 시그마 776번은 뛰어난 추리력을 보여 줬으니 최종 단계로 바로 넘어갑니다. 최종 단계에서 둘의 역할은 형사입니다.

정신이 아득해지더니 드라마에서만 보던 회장님 저택에서 깨어났다. 가운데 소파에 깊이 파묻혀 있던 회장이 말했다.

"당신들이 김 차장이 말한 대한민국에서 가장 유능한 형사인가?"

제이는 상황극으로 이어지는 추리 게임이 정말 재밌었다. 여태 경험했던 방 탈출 게임은 너무 정적이었다.

"틀렸습니다. 세계에서 가장 유능하죠."

태오가 제이의 과도한 행동을 말리려고 팔을 붙잡았다.

"제이야, 오바 하지 마."

"뭐, 어때? 겨우 게임인데."

회장이 손바닥으로 소파의 팔걸이를 내리쳤다. 화가 났는지 얼굴이 벌겋게 달아올랐다.

"겨우 게임? 이건 내 아들을 죽인 살인사건이라고!"

그때 회장의 옆에 있던 경찰정복을 입은 남자가 회장님을 진정시켰다.

"회, 회장님. 진정하십시오. 범인을 찾으려면 어쩔 수 없습니다. 당신들은 어서 2층으로 가서 임무를 수행하시오!"

태오는 얼른 제이를 끌고 2층 계단을 올랐다.

"저 할아버지는 왜 이렇게 화를 내는 거야?"

"그런 캐릭터겠지."

2층으로 올라가자 가장 안쪽 방에서 한 남자가 둘을 불렀다. 이 게임에서 상관 역할을 맡은 NPC일 것이다.

"뭘 꼼지락거리고 있어? 빨리 들어와."

방에는 텐트가 쳐져 있었고, 텐트 안에는 남자의 마네킹이 들어 있었다. 아마 죽은 남자를 표현한 것 같았다. 텐트 안을 보자 남자 옆에는 번개탄을 태운 화로가 있었다. 상관이 마네킹을 보며 말했다.

"아래층에서 본 회장의 아들이야. 사인은 일산화 탄소 중독이지."

제이는 상황을 단번에 이해할 수 있었다.

"텐트의 문은 닫혀 있었겠죠?"

"그래. 번개탄에서 나온 일산화 탄소에 의하여 중독사했어."

지금은 추리 게임의 최종 단계다. 절대로 간단한 상황은 아닐 것이다.

"혈액에서 수면제 성분도 나오지 않았을 것이고요……."

"알코올만 조금 나왔지. 정지 수준이야."

"그럼 자살이잖아요."

상관은 적은 머리카락을 손으로 빗어 넘기며 말했다.

"우리도 그렇게 생각해. 하지만 동기가 없어. 즉, 자살할 이유가 없다는 거야. 회장님은 절대 자살했다고 생각하지 않고 있어. 회장님 말을 빌리자면 '10조 원 유산을 두고 너 같으면 죽겠냐'는 거야. 아들이 평소에 노는 것을 좋아해 절대로 자살은 아닐 거라고 해."

어려운 문제다.

"외부에서 침입한 흔적은요?"

"저택 사방에 있는 CCTV를 확인한 바로는 전혀."

"내부에 있던 사람은요?"

"회장, 회장 부인, 남자 요리사 한 명, 여성 비서 한 명, 여성 집사 한 명, 경호원 한 명이 저택 안에 있었지."

"그중에 용의자가 있겠군요."

"자살이 아니라면 그렇겠지."

텐트는 어떻게 세워져 있었다고 치더라도 타살이라면 남

자를 텐트로 옮기고 번개탄을 피워야 한다. 면허 정지 수준의 알코올 농도라면 피해자를 옮길 때 이미 정신을 차릴 테니까 불가능해 보인다. 그렇다고 피해자의 평소 행실과 외아들로서 받는 유산을 생각하면 자살할 확률 또한 매우 낮다.

제이는 손가락을 딱 하고 튕겼다.

"방법을 찾아야겠군. 사람들을 만나 봐도 될까요?"

"그러자고. 용의자들은 모두 자신이 머물던 방에서 대기하고 있어."

"요리사부터 만나죠."

5

요리사의 방은 조리실 옆이었다. 조리실에서 음식을 하고는 식당으로 내놓는 구조다. 요리사는 체구가 좀 크고 40대는 돼 보였다. 요리사는 팔짱을 낀 채로 불만의 목소리를 냈다.

"도대체 언제까지 여기에 갇혀 있어야 합니까? 조사는 이미 했잖아요!"

상관은 주눅 들지 않고 말했다.

"당신이 범인이 아닌 것으로 증명될 때까지 꼼짝 마시오. 아들 텐트 안에서 나온 화로와 번개탄은 조리실에 있었던 것임을 잊지 말고!"

"참 내. 그건 범인이 훔친 거라니까요. 누구라도 가져갈 수 있다고요. 도련님도요."

요리사는 억울한지 감정에 호소했다. 도련님을 언급한 것은 자살을 암시하는 말일 것이다.

"조사해 보면 알겠지. 이번에 아주 유능한 형사들을 데려왔지. 잘 협조하는 것이 좋을 거요."

"저 둘은 어린 학생인 것 같은데 형사라고요?"

"그렇소. 경찰 차장님이 특별히 모시고 온 형사니 나에게 하는 것처럼 똑바로 대답하도록 하시오."

상관이 제이와 태오를 바라봤다. 질문하란 뜻이었다. 제이는 태오에게 질문하라고 등을 밀고는 요리사의 방을 살폈다. 태오는 질문했다.

"그 시간 그러니까 아들이 죽은 밤에 알리바이가 있나요?"

"이미 말했듯이 경호원이랑 새벽 1시까지 한잔하고 잤다니까요!"

"경호원과는 무슨 이야기를 했죠?"

요리사의 얼굴이 민망한 듯 변했다.

"같은 이야기를 또 해야 해요?"

뒤에 서 있던 상관이 태오 대신 대답했다.

"토씨 하나 틀림없이 대답하는 것이 좋을 거요."

"참 내. 아드님과 정 집사 이야기를 했습니다. 여자라면 사족을 못 쓰는 도련님이 반강제로 꿰어냈겠지만, 그날도 밤에도 도련님이랑 정 집사는 붙어 있었어요."

"누가 봤나요? 몇 시쯤입니까?"

"워낙 자주 있는 일이라서……. 경호원이 순찰 때, 정 집사가 도련님 방으로 들어가는 것을 확인하고는 내 방으로 왔으니 밤 10시쯤일 거요."

그렇다면 서로의 알리바이가 될 수 있다. 태오는 질문할 것이 없는지 제이를 돌아봤다. 제이는 책장에 꽂혀 있는 책들을 보고 있었다.

"제이. 난 끝났어. 뭐 질문할 것 없어?"

제이가 태오의 말을 듣고 다가왔다.

"요리사 아저씨, 저기 골프의 기초 책들이 있던데 골프가 취미예요?"

"뭐, 다른 할 일이 없으니까."

"혹시 벙커에서 빠져나오는 비법이 있나요?"

"비법? 있죠. 손으로 모래를 떠내듯 부드럽게 치면 돼요. 공 한 개 정도 뒷부분을 떠내듯 치면 나올 확률 90퍼센트라고."

"그렇군요. 이상입니다."

다음은 경호원 차례였다. 경호원은 요리사가 말한 것과 크게 다르지 않았다. 이번에도 태오가 질문했고, 제이는 방을 둘러보고는 쓸데없는 신변잡기 질문을 했다. 태오는 제이의 조사가 궁금해서 집사를 만나러 가는 복도에서 제이를 불러 세웠다.

"제이, 여태 뛰어난 추리력을 보이더니 갑자기 왜 그래? 사건과 전혀 관련 없는 질문만 하고."

제이는 상관을 보았다. 상관은 정 집사의 문 앞에 서서 둘을 바라보고 있었다. 제이는 상관에게 소리쳤다.

"먼저 들어가세요. 잠시 회의 좀 할게요."

"시간 없으니 빨리 들어와."

제이는 상관이 사라진 것을 보고는 발로 태오의 정강이를 걷어찼다. 태오는 무방비 상태에서 맞아 고통이 심한지 정강이를 잡고 팔짝팔짝 뛰며 소리쳤다.

"왜 그래? 드디어 미친 거야?"

"바지 좀 걷어봐."

"내가 못 살아."

태오는 바지를 살살 걷었다. 정강이에는 검붉은 멍이 생겨 있었다.

"도대체 왜 이런 거야?"

"태오야, 여기는 진짜 현실 같아. 요리사와 경호원의 방이 필요 이상으로 디테일 했다니까. 요리사 캐릭터가 골프를 저렇게 자세히 알 필요가 있을까?"

"근데 그것과 날 때리는 것은 뭔 상관인데?"

"맞으면 아픈 거 말이야. 네가 가상공간에서는 오감이란 뇌에서 작용한 결과라고 했잖아."

"그랬지."

"네 정강이에 멍 말이야. 뇌의 작용일 뿐인데 몸에 이렇게 멍이 생길까?"

태오도 그제야 깨달았는지 표정이 날카롭게 변했다. 태오는 목소리를 낮췄다.

"그럼 지금 우리는 실제 사건을 조사하고 있는 걸까?"

"회장 아들은 자살할 이유가 없고, 누가 죽이려고 해도 방법이 문제야. 저 회장은 모든 것을 동원해서 아들을 죽인 사람을 찾고 싶은 거야."

"돈이 많으니 컨티뉴X10을 이용한 거고?"

"그렇다고 봐야지."

"그럼 앞으로 어떡할 거야?"

"너 처음에 교실에서 만났을 때, 태양의 고도로 가상현실인지 따졌잖아. 지금 마당에서 그것을 해 봐. 여기가 정말 현실인지 알아보란 말이야."

"그, 그래. 알았어. 넌?"

"난 범인이 있다면 찾아볼게."

그렇게 제이 혼자 아들과 밀접한 관계가 있다는 정 집사의 방에 들어갔다. 20대 초반인 듯한 여자가 불안한 듯 주먹을 쥐었다 폈다 하고 있었다.

"형사님, 이 분이랑 둘만 이야기하고 싶어요. 여자들끼리 이야기하면 더 편할 거예요."

"그래. 알았어."

상관이 나가고 제이는 방을 둘러보며 물었다.

"제가 좀 더 어린 것 같으니 언니라고 해도 되죠?"

"…네."

"저 고딩이에요. 말 편하게 하세요. 언니는 이 집에서 무슨 일을 해요?"

정 집사는 방을 이리저리 둘러보는 제이를 바라볼 뿐 대답이 없었다.

"청소를 하시나요?"

제이는 방 한쪽의 수납장에 있는 청소 용구를 보며 물었다.

"청소, 세탁 등 전반적인 일을 하고 있어요."

제이는 잘 정리되지 않은 청소 용구함을 들여다봤다. 50리터 쓰레기봉투 여러 장이 대충 구겨서 처박혀 있었다. 제이는 봉투 하나를 들었다. 비닐이 구겨진 것이 사용감은 있는데 안은 깨끗했다. 정 집사는 다가와 제이 손에 든 봉투를 낚아챘다. 그러고는 구겨진 봉투들을 들었다.

"도대체 원하는 게 뭐예요? 다 이야기했잖아요."

"저는 처음 들어요. 물론 아래층 요리사와 경호원에게 고인과의 관계를 대충 들었지만요."

정 집사는 이야기를 들었는지 말았는지 침대에 걸터앉아 가져간 쓰레기봉투를 깨끗하게 접기 시작했다.

"혹시 언니는 회장 아드님을 사랑했나요?"

정 집사는 쓰레기봉투를 접는 손을 멈췄다. 표정이 많은 것을 말해 주는 것 같았다. 한 마디로 표현하자면 한때는 사랑했다가 증오로 바뀐 표정이랄까?

"사랑은 개뿔. 도련님은 우리를 사람으로 안 봐요."

"사귀었나요?"

형사들이 하지 않은 질문인지 정 집사의 표정이 다시 변했다. 그녀는 과거를 회상하는지 자신의 어깨를 문지르며 말했다.

"그저 달콤한 말뿐이었어요……."

창문 멀리 내다보는 정 집사의 눈빛이 불안하게 변해갔다. 정 집사는 자신이 이 집에 들어왔을 때부터 지금까지 있었던 일을 말하기 시작했다. 정 집사는 아들뿐만 아니라 늙은 회장의 비상식적인 수발도 들어야 했다. 드라마에 나오는 상황이 약해 보일 정도였다. 정 집사는 그렇게 자신을 유린한 아들에게 복수했을까?

'그래서 죽이셨나요?'

제이는 더는 묻지 못했다. 질문하면 정 집사가 무너져 내릴 것 같았다. 자신을 어서 잡아가라는 듯이 어깨를 축 늘어뜨리고 울기 시작했다. 경찰들도 정 집사를 의심했을 것이다. 하지만 살해 증거를 찾지 못한 것이다.

그때 방으로 태오가 들어왔다. 태오는 제이의 옆으로 와서 귓속말을 했다.

"맞아. 여기는 현실이야. 한밤중인데 별들의 고도가 변하고 있어."

아까 회장을 만났을 때, 제이가 '겨우 게임인데'라고 말하자 회장은 격하게 반응했다. 외아들의 죽음을 밝히고 싶었겠지. 자살도 타살도 가능성이 없어 보이는, 미궁에 빠진 아들의 죽음에 대한 난제를 풀려고 컨티뉴X10을 이용한 것이다.

제이는 태오에게 말했다.

"난 추리 게임을 하러 왔지. 이런 기분 나쁘고 더러운 현실판에 끼고 싶지 않아."

"그래. 나도 동감이야. 한데 여기가 실제 세상이라고 우리가 눈치챈 걸 들키면 곤란할 거야."

"그러니, 마지막 남은 비서를 만나고, 쫑내자고."

"결론은 뭐라고 할 건데?"

제이는 정 집사의 눈을 보며 말했다.

"아무리 봐도 자살 같다고 말하자."

"그래. 동감이야."

둘이 방을 나가려는 그때 정 집사가 제이를 불러세웠다.

"자, 이거 하나 줄게요."

정 집사가 건넨 것은 네모반듯하게 접힌 50리터 쓰레기봉투였다. 아무렇게나 처박혀 있던 봉투들이 잘 접혀 있었다. 제이는 쓰레기봉투를 청바지 뒷주머니 깊이 넣었다.

"고맙습니다."

"내가 고맙죠."

그렇게 정 집사의 방을 나와 비서를 만났다. 거실에 나와 자살 같다고 말하자 목이 따끔했다. 둘은 기절했고, 다시 게임 속 공간으로 돌아왔다.

– 시그마 1112번, 시그마 776번 탈락! 최종 단계에서 떨어지다니 아쉽습니다. 정식 발매되면 컨티뉴X10을 잘 즐겨주세요.

6

쾅쾅쾅

소란한 소리에 제이는 눈을 떴다. 게임을 마치고 현실로 돌아온 것이다. 문을 열자 엄마가 있었다. 엄마는 새벽에 끝나는 일을 하신다.

"제이야. 옷도 안 벗고 자고 있었니?"

"엄마 이제 들어와?"

엄마는 안방으로 들어가며 말했다.

"그래. 너도 옷 갈아입고 씻고 자야지."

"응."

제이는 방문을 닫고 뒷주머니에 손을 넣었다. 작게 접힌 쓰레기봉투가 나왔다. 제이는 쓰레기봉투를 펼쳐 공기를 넣고 입구를 막아봤다. 쓰레기봉투가 커다란 풍선처럼 만들어졌다. 이것이 살해 방법인 것이다. 정 집사는 어느 정도 눈치 챈 제이에게 범행도구를 넘긴 것이었다.

띵동.

핸드폰이 울렸다. 인스타 DM이 왔다. 태오였다. 이름과 나이만으로 세상의 모든 사람을 찾을 수 있는 세상이다. 제이는 영상 통화를 시도했다. 태오가 나왔다.

"오, 제이 깨어났구나."

"그래."

"회장 아들 살인사건의 내막은 알아냈어?"

"알 것 같아."

"뭔데? 정답이 궁금해서 잠이 올 것 같지 않아서……."

제이는 휴대폰을 멀리하고 쓰레기봉투 풍선을 보였다.

"그건 뭐야?"

"마지막에 정 집사님이 준 쓰레기봉투야."

"그게 정답과 관련 있어?"

"이것이 살해 도구야."

"쓰레기봉투로 살인을 한다고?"

"고정관념에 박히면 답을 찾지 못하지. 경찰에서는 어떻게 잠을 깨우지 않고 텐트 안에다 번개탄을 피웠을까만 생각한 거야."

"다른 방법이 있다고?"

"먼저 죽이면 가능하지."

"어서 알아듣게 설명해 봐."

"범인이 자신의 방에서 번개탄을 피우고 발생하는 일산화 탄소를 이런 큰 봉투에 모아서 가져가는 거야."

"헉! 그런 방법이 있다니."

"그리고 술에 취해 잠들어 있는 회장 아들의 얼굴에 봉투 입구를 갔다 대고 조금씩 일산화 탄소를 내보내는 거지."

"봉투 하나로 될까?"

"구겨진 쓰레기봉투는 다섯 개였어."

화면 속 태오는 손가락을 튕겼다.

"아, 옮기고 죽인 것이 아니라. 죽이고 옮긴 것이구나."

"맞아. 아들이 죽은 다음 방에 텐트를 치고 시체를 안으로 옮겼어. 그리고 자신의 방에서 번개탄을 태운 화로를 안에 넣어 놓았겠지."

태오는 화면 속에서 깊은 탄식을 하고는 머리를 긁었다.

"난 추리는 안 되나 보다. 전혀 상상을 못 했어. 이제 어떡할 거야? 경찰에 말할 거야?"

"다시 말하지만 난 추리 게임에 관심이 있지. 실제 살인에는 관심 없다고."

"칫! 제이 네가 정 집사를 불쌍해하는 것 모를 줄 알고?"

마음이 뜨끔 했다. 용서받지 못할 중죄지만 정 집사가 남모르게 받은 고통에 신경이 쓰였다.

"태오. 너 추리말고 독심술 해라?"

"뭐라고!"

"우리 실제로 탐정 할까? 명탐정 제이와 사이언스 태오 어때?"

"좋지."

제이는 태오와 만나기로 약속하고 영상 통화를 끊었다. 과연 경찰은 살해 방법을 찾아낼까? 제이는 궁금했지만 상관하지 않기로 했다. 그저 추리 게임을 한 것으로 족하다고 생각했다.

희생자 저택

전건우

– 희생자 저택에 오신 것을 환영합니다.

머릿속에 그 소리가 울려 퍼진 순간, 책장을 넘기듯 낯선 풍경이 펼쳐졌다.

제일 먼저 눈에 들어온 것은 테두리에 꽃무늬를 정교하게 새겨 넣은 나무문이었다. 적갈색을 띤 문은 세월의 흔적을 비켜갈 수 없었던 듯 군데군데 갈라지기는 했지만 여전히 반질반질했다. 오히려 갈라진 그 틈이 고풍스러움과 중후함을 더하는 듯도 했다. 문손잡이도 마찬가지였다. 황동으로 만든 게 틀림없는 손잡이에도 자잘한 흠집이 가득했지만 그렇다고 고급스러움이 바래는 건 아니었다.

나는 가만히 좌우를 살폈다. 내가 서 있는 곳은 길쭉한 복도였다. 문을 기준으로 오른쪽 복도 끝에는 계단이, 그리고 왼쪽 복도 끝에는 벽이 있었다. 바닥 역시 목재였고 당연히 잘 관리돼 광이 났다. 복도 벽에는 일정한 간격으로 등잔이 달려 있었다. 거기서 새어 나오는 불빛은 희미했지만 복도를 밝히는 데에는 문제가 없었다.

설마…….

혹시나 하는 마음에 손을 뻗어 등잔을 살짝 건드렸다.

"앗!"

나도 모르게 그런 소리를 내며 손가락을 뗐다. 뜨거웠다. 등잔에 닿았던 오른손 검지 끝이 화끈거린다 싶더니 곧 작게 부풀어 올랐다. 수포였다.

"허! 대단하긴 하네."

감탄할 수밖에 없었다. 현실에서 느끼는 감각을 그대로 재현했다고는 하지만 이 정도일 줄은 몰랐다. 아까부터 코끝에 맴도는 오래된 건물 특유의 퀴퀴한 곰팡내 역시 착각이 아니라 후각을 통해 내가 느끼고 있는 것이었다. 그러고 보니 바닥을 딛고 선 느낌 역시 생생했다. 무게 중심을 옮기면 발아래 나무가 미세하게 꺼졌다가 올라왔다. 그때마다 삐걱대는 소리가 났다.

진짜 같았다.

모든 게…… 진짜 같았다.

가상의 공간이라는 걸 알면서도 영화에서 툭 튀어나온 것 같은 이 낡은 저택은 진짜처럼 보였다. 하다못해 허공에 떠도는 자잘한 먼지 알갱이까지 제대로 구현해 놓았다. 손을 뻗어 휘휘 젓자 먼지가 흩어졌다. 기막힌 기술력이었다.

'컨티뉴X'가 전 세계적으로 광풍을 일으킬 때도 나는 그 게임기와 인연이 없었다. 내 몇 달치 생활비와 맞먹는 그 비싼 놈을 척척 사는 인간들을 보며 그저 부러워할 뿐이었다. 컨티뉴X가 시답잖은 VR 기기에 비해 월등한 성능을 지니고 있다는 것쯤은 알고 있었다. 왜 모르겠는가. 인터넷에도, TV에도 컨티뉴X 이야기로 도배가 되곤 했으니까. 컨티뉴X로 게임을 플레이하는 영상을 보니 확실히 현실감이 어마어마했다.

그때만 해도 몰랐다.

라면을 처먹으며 남의 게임 영상이나 보던 그때는, 내가 컨티뉴X의 새로운 모델을 체험하게 될 줄은 정말 몰랐다.

나무문 안쪽에서 희미하게 소리가 들려왔다. 아무래도 문을 열고 들어가야 하는 것 같은데 그 이후에는 뭘 어떻게 해야 하는지 알 수가 없었다. 이런 게임은 처음이라 모든 게 낯설기만 했다. 설명을 듣기론 미션을 해결하면 게임을 클리어할 수 있다고 했는데…….

"그래서 미션이 뭐야?"

나는 혼잣말처럼 중얼거렸다. 그 순간 기다렸다는 듯 머릿속에서 목소리가 울렸다.

– 희생자 저택에서 살아남아야 합니다. 어떤 방법을 사용하든 당신에게는 무한한 자유가 부여됩니다.

무한한 자유? 뭔 짓을 해도 살아남기만 하면 된다고?

단순하다면 단순하고, 어렵다면 어려운 미션이었다. 안 그래도 이름부터가 '희생자 저택'인 곳에서 살아남기라니. 영화에서라면 이런 노골적인 이름이 붙은 집에서는 온갖 기이한 일이 생기기 마련이다. 악령이 나온다거나 괴물이 호시탐탐 노린다거나 그것도 아니면 살인마가 어슬렁거린다거나…….
적어도 내가 본 그 수많은 공포 영화 속에서는 다 그랬다.

나는 문손잡이를 잡았다. 서늘한 감촉이 느껴졌다. 안에서 들리는 소리는 더 커졌다. 여러 사람이 나누는 대화 소리였다. 게임을 계속 진행하려면 아무래도 문을 열고 들어가야 할 것 같았다.

삐걱.

문 열리는 소리조차 현실감 넘쳤다. 오래된 경첩이 토해내는 신음에 사람들의 시선이 일제히 내게로 향했다. 나는 문가에 서서 안을 찬찬히 둘러봤다. 그곳은 가로로 길쭉한 방이었다. 바닥에는 붉은색 카펫이 깔려 있고 벽에는 창문이 있었다. 커튼에 반쯤 가린 창문 사이로 달빛이 비쳐 들었다. 사람들은 탁자를 둘러싼 형태로 놓인 의자에 앉아 있었다. 모두 다섯 명이었고 나잇대는 물론, 성별과 인종까지 다 달랐다.

"그쪽도 여기 처음이지? 일단 와서 앉아봐. 빨리."

말끔하게 정장을 차려 입은, 탄탄한 몸매의 흑인 남자가 말했다. 고급스러워 보이는 금테 안경이 탁자 위에 놓인 램프 불빛을 받아 반들거렸다.

나는 남자를 향해 고개를 끄덕여 보인 후 빈 의자에 앉았다. 사람들은 내게서 시선을 떼지 않았다. 호기심과 경계심이 반씩 섞인 눈빛이었다.

"마침 자기소개를 하려던 참이었어요."

안경을 쓴 소심한 인상의 동양인 남자가 말했다. 체크 셔츠에 면바지, 그리고 어려 보이는 얼굴로 봐서는 대학생인 것 같았다.

"어때? 내 말이 맞았지? 의자가 비어 있어서 한 명 더 올 거라 생각했지. 크크."

으스대듯 말한 이는 달라붙는 티셔츠를 입은 근육질의 잘생긴 백인 남자였다. 남자의 말에 아무도 대꾸하지 않은 가운데 동양인 남자가 다시 입을 열었다.

"그럼 저부터 소개를 할게요. 전 피터 우라고 해요. 그냥 피터라 불러주세요. 학교에서 컴퓨터 공학을 전공 중이고 취미는……."

"그만! 우린 네가 뭘 전공하는지 하나도 안 궁금해. 빌어먹을 취미가 뭔지도."

피터의 말을 잘라먹은 사람은 바로 그 흑인 남자였다. 다리를 꼬고 앉은 거만해 보이는 모습이 영 거슬렸다.

"그, 그럼 뭘?"

"어떻게 이딴 곳으로 오게 된 건지 그걸 말하란 말이야. 우리 여섯의 공통점을 찾아야 여기서 탈출하기 쉬울 테니까. 알아들었어?"

흑인 남자는 인종만 다를 뿐 내가 편의점에서 매일 마주치는 건방진 놈들과 별 차이가 없었다. 행여 병균이라도 옮을까 봐 걱정하듯 멀리서 카드를 던지는 놈들, 시종일관 반말로 지껄이는 놈들, 그리고 자기가 사장이라도 되는 듯이 이것저것 참견하고 지시하는 놈들……. 나는 흑인 남자를 슬쩍 노려봤다.

"왜 명령처럼 말하는 거죠? 답답하면 그쪽부터 먼저 얘기하면 되잖아요."

맞은편에서 들린 목소리에 고개를 돌렸다. 라틴 쪽 피가 섞인 게 틀림없는 다부진 인상의 여자가 앉아 있었다. 검은 머리에 짙은 눈썹이 무척 매력적으로 보였다.

"내가 명령하듯 말했다고? 좋아. 그렇다면 다시 말하지. 제발 부탁이니 자네가 여기 온 이유를 말해 주지 않겠나? 응?"

흑인 남자가 비꼬는 말투로 말하자 맞은편의 그 여자가 다시 입을 열려 했다. 그 순간 피터가 먼저 나섰다.

"아! 전 괜찮아요. 우리끼리 싸울 필요 없잖아요. 말씀드릴게요. 어젯밤 분명 기숙사 침대에서 잠들었는데 깨어보니 이 저택 앞이었어요. 여기로 오게 된 이유는 모르겠지만 이상한 일이 벌어졌다는 건 분명한 것 같아요."

"피터. 그럼 혹시 너도 그 소리를 들었어? 희생자 저택 어쩌고 하는."

맞은편 여자가 물었다.

"네. 희생자 저택에 온 걸 환영한다며 여기서 살아남아야 한다고 했어요."

피터가 대답했다.

"그렇구나. 아! 이런. 제 소개부터 할게요. 전 마리아나 힐이에요. 마리라고 불러주세요. 가족과 친구 모두 그렇게 부르니까요. 저도 피터와 같아요. 어젯밤에 공연 연습을 끝내고 와 분명히 집에서 잠들었는데 눈을 뜨니 여기였어요. 저는 연극을 하거든요."

마리는 그렇게 덧붙인 뒤 흑인 남자를 쳐다봤다. 당찬 태도와 눈빛이었다. 흑인 남자는 못마땅한 표정을 지으면서도 입을 열었다.

"내 차례란 말이지? 알았어. 제임스 버틀러. 버틀러 씨라고 정중하게 불러주면 좋겠군. 내가 하는 일을 굳이 말할 필요는 없겠지만 아무튼 꽤 긴 직함이 적힌 명함을 들고 다닌다는 사실만은 알려 주지. 그러니까 내가 꽤 전문적이고……."

"됐고. 그쪽도 어서 말해요. 어떻게 여기 온 건지."

버틀러는 눈을 동그랗게 뜨고 마리를 바라봤다. 누군가가 자기 말을 잘랐다는 사실을 믿지 못하겠다는 듯한 표정이었다.

"몰라! 모른다고! 두 번째 미팅을 하려고 이동하던 중에 차 뒷좌석에서 잠들었는데 깨보니 빌어먹을 이 낡은 저택이었지. 그러곤 뭐 희생자 저택이니 뭐니 떠들더라고! 누구 다른 정보 가진 사람 없어? 응?"

버틀러가 팔까지 휘저으며 목청을 높인 바로 그때였다.

끼이익.

머리 바로 위에서 그런 소리가 들렸다. 나는 반사적으로 천장을 올려다봤다. 다른 사람들도 마찬가지였다.

끼이익.

끼이익.

끼이익.

소리는 규칙적으로 계속 들려왔다.

"저게 무슨 소리인지 아는 사람 있어요?"

백인 남자가 물었지만 아무도 대답하지 않았다. 소리는 곧 멈췄다. 다만 묘하고 섬뜩한 분위기만은 쉽게 사라지지 않았다. 왠지 한층 더 어두워진 것도 같았다. 물론 램프 불빛은 그대로였다.

"하하. 여기 멋진데요? 안 그래요?"

내내 입을 닫고 있던 금발머리 여자가 말했다. 그녀는 대화에 끼어드는 대신 손거울만 계속 들여다보고 있었다. 모두의 시선이 자신에게 쏠리자 여자는 어깨를 으쓱한 다음 말을 이었다.

"전 마를린이라고 해요. 학교 모델 겸 치어리더. 분명 파티에 참석해서 잠깐 잠들었는데 깨보니 여기기 뭐예요. 근데, 이런 데도 좋아요. 혹시 알아요? 이것도 서프라이즈 파티일지!"

마를린은 말하면서도 손거울에서 눈을 떼지 않았다. 눈이 부실 정도의 금발, 하얗고 창백한 피부, 그리고 새빨간 입술까지 마를린은 전형적인 미인이었다.

"이게 서프라이즈 파티라면 유령의 집 같은 건가? 응? 킥킥."

백인 남자는 말을 해놓고 혼자서 키득거렸다. 터질 것 같은 근육만큼이나 과장된 몸짓으로. 남자는 어깨를 으쓱하더니 묻지도 않은 말을 또 했다.

"유령 같은 건 하나도 안 무서우니 숙녀 분들을 위해 내가 다 처리할게요."

"끔찍한 살인마라면 어쩌려고?"

마릴린이 슬쩍 웃으며 남자의 말을 받았다.

"살인마 누구? 레더 페이스? 제이슨? 고스트페이스? 아니면 그 같잖은 흑인 캔디맨? 이것 봐. 그런 것들 모두 미식축구 태클 한 번이면 허리가 부러질걸? 내 주특기가 그거거든. 쓰러뜨리기. 킥킥."

남자는 대단히 재치 있는 농담이라도 했다는 듯 뿌듯한 표정으로 웃었다. 맞장구를 쳐주는 건 마릴린밖에 없었다.

"재미있네. 그쪽은 이름이 뭐야?"

"제이크 스톤. 근데 우리 어디서 본 것 같지 않아?"

"미치겠네. 그 따위 작업은 딴 데 가서 걸어. 둘이 있을 때."

버틀러가 고개를 절레절레 저었다. 나도 마찬가지 생각이었다. 마릴린과 제이크는 재수 없는 커플 손님을 떠올리게 했다. 자기들이 잘났다는 사실을 알고 있고 그걸 굳이 숨기려 하지 않는 것들.

"헤이. 덩치. 이제 그쪽만 남았네요."

제이크가 나를 보며 말했다.

덩치? 날 놀리는 건가?

반소매 아래로 나와 있는 제이크의 우람한 팔뚝을 보자 울컥 화가 치밀었다. 날 덩치라 부르는 건 이를 테면 그것과 같았다. 뻔히 아르바이트생인 걸 알면서도 말끝마다 사장님이라 부르는 거. 그런 말을 들을 때마다 은근히 부아가 치밀었다.

"전……."

그래도 어쩔 수 없이 내 소개를 하려고 입을 뗐을 때였다. 그 소리가 다시 들렸다.

끼이익.

끼이익.

끼이익.

역시 한 층 위에서 들리는 소리였다. 사람들은 다시 천장을 올려다봤다. 이번에는 멈추지 않고 꽤 오래 계속되었다.

"가 봐야 하지 않을까요?"

마리가 물었다.

"굳이? 이것 봐. 우리가 들었던 그 소리 잊었어? 여기서 살아남아야 한다고. 그런데 저 소리가 뭔지 확인해 보러 가자고?"

버틀러가 말했다.

"난 찬성. 무서운 사람은 여기 있든가."

마를린이 나섰다. 그는 아무래도 지금 상황을 즐기고 있는 것 같았다.

쯧쯧. 나는 속으로 혀를 찼다. 어디나 저런 애들이 있는 법이다. 무서운 줄 모르고 기웃거리는 애들. 이게 만약 공포영화였다면 살인마의 표적이 되기 딱 좋은 인간.

"가 보죠. 여기 있어 봐야 심심하기만 한데. 어차피 별다른 생각도 안 떠오르고."

이번에는 제이크가 말했다. 멍청해 보이는 얼굴로 생각 운운하다니 웃긴 노릇이었다.

"음…… 제가 반대해도 어차피 다들 갈 것 같으니 어쩔 수 없네요. 여기 혼자 남긴 싫거든요. 하하."

피터까지 찬성하고 나서자 버틀러는 다시 고개를 저었다. 그 행동은 아무래도 습관인 듯했다. 아무도 내 의견을 묻지 않는다는 사실에 살짝 화가 났지만 나도 대세에 따르기로 했다. 피터와 마찬가지로 아무것도 모른 채 덩그러니 혼자 남겨지기는 싫었다.

"좋아요. 그럼 다같이 3층으로 올라가죠."

마리가 말했다.

이것들은 NPC인가?

차례차례 계단을 올라가는 다섯 명을 맨 뒤에서 올려다보며 나는 그런 생각을 했다. 게임을 많이 해 보진 않았지만 NPC가 무엇인지 정도는 알고 있었다. 게임 속에서 특정 역할을 수행하기 위해 프로그래머가 일부러 만들어 놓은 캐릭터. 게이머는 NPC가 던져 주는 정보를 가지고 게임을 진행한다. 그런 점에서 보자면 마리, 피터, 버틀러, 제이크, 마를린은 전형적인 NPC 같았다. 다만 한 가지 걸리는 게 있었다. 컨티뉴X10에 접속했을 때 들었던 안내 사항에는 분명 '컨티뉴스'라는 개념이 있었다.

– *우리들만의 메타버스 공간 '컨티뉴스'에서 전 세계의 수많은 플레이어들과 만나 함께 게임을 즐길 수 있습니다. 그들과 친분을 쌓으며 미션을 클리어해 보세요.*

컨티뉴X10을 먼저 접해볼 수 있는 특전이 내게만 주어지지는 않았을 것이다. 실제로 '희생자 저택'이라는 이 게임에 들어오기 전 잠시 머물렀던 컨티뉴스라는 공간에는 나 말고도 여러 사람이 자신만의 독특한 캐릭터를 뽐내며 돌아다니고 있었다. 말을 걸어보지는 않았지만 그들 역시 베타테스터인 건 확실했다. 그렇다면…….

…… 이 다섯 명도 진짜 인간 아닐까?

그렇게 생각해 보면 NPC가 아닌 것 같기도 했다. 만들어진 캐릭터라기에는 행동이나 말투가 너무 자연스러웠다. 물론 현재의 기막힌 기술력으로 봤을 때 인간과 흡사한 NPC를 만들어 낸다고 해도 놀랄 일은 아니겠지만…….

"자, 왔어요."

마리가 속삭이듯 말했다. 나도 3층 복도에 올라섰다. 2층보다 훨씬 어두웠고 비릿한 냄새마저 풍겼다. 어딘가 익숙한 악취였다.

"여긴 빌어먹을 촛불조차도 없군."

버틀러가 툴툴거렸다.

"그래도 달빛이 들어오긴 하네요."

피터가 복도 끝에 달린 창문을 가리켰다. 달빛은 숫제 붉은 색이라 분위기를 더 음산하게 만들었다.

"진짜 유령이라도 있는 것 같은데?"

마를린은 들뜬 목소리였다. 그러면서도 제이크 옆에 착 달라붙어 있었다. 그때 소리가 또 들렸다. 훨씬 선명하게, 그리고 훨씬 거슬리게.

끼이익. 끼이익.

나는 고개를 돌렸다. 소리는 복도 가운데 방에서 났다. 우리가 2층에서 머물던 공간 바로 위였다. 버틀러가 턱짓으로 방문 쪽을 가리키며 말했다.

"오래 된 나무 기둥이 비명을 지른다는 데 100달러 걸지."

"그럼 제일 먼저 들어가는 사람이 100달러 받겠네. 보나마나 무시무시한 유령일 테니까! 킥킥킥."

제이크가 쇼라도 하듯 팔을 활짝 벌리며 웃었다. 그러고는 몸을 빙글 돌려 문으로 향했다. 재수 없는 요소를 골고루 모아 하나로 버무려 놓은 것 같은 저 캐릭터가 NPC가 아니라면 더 소름 돋는 일일 것이다. 그 생각을 하자 피식 웃음이 나왔다. 그때 옆에 서 있던 마리가 소곤거렸다.

"저도 그래요. 너무 한심해서 웃음밖에 안 나오네요."

"아! 아무래도 그렇죠."

마리는 나를 보더니 슬쩍 웃었다. 그 미소가 아름다웠다. 당찬 성격도 그렇고, 신중한 행동도 그렇고 마리는 다른 사람들과는 달라 보였다. 무엇보다, 마리의 눈빛 속에는 따뜻함이 깃들어 있었다. 여러 사람을 상대하다 보면 눈빛만으로도 성격을 짐작할 수 있게 된다. 어떤 놈은 눈깔 가득 경멸의 빛을 띠는가 하면, 또 어떤 놈은 분노와 짜증이 득실대는 눈빛으로 사람을 노려본다. 그런 것들의 평소 성격이나 행동이 어떨지는 불 보듯 뻔하다. 마리가 진짜 인간이라면 꽤 다정하고 따뜻한 성격일 것이다.

"저기 봐요."

마리가 내 손을 슬쩍 건드린 후 방문을 가리켰다. 순간, 심장이 살짝 뛰었다. 문 앞에는 제이크가 서 있었다. 그는 손잡이를 잡고서 우리 쪽을 돌아봤다. 얼굴에는 여전히 그 느끼한 미소가 걸려 있었다.

"빨리 열어 봐."

마를린이 말했다. 제이크는 고개를 한 번 끄덕인 후 거침없이 문을 열었다. 재수 없는 추임새를 넣으며.

"짜잔!"

짜잔. 경박한 그 소리가 무색하게 제이크는 꼼짝도 않고 서 있었다. 문을 연 자세 그대로 방 안에 시선을 고정한 채 움직이지 않았다.

"뭐야? 왜 안 들어가? 진짜 유령이라도 본 거야?"

버틀러가 물었다. 다음 순간 근육질 터프가이가 주춤주춤 뒤로 물러나며 방 안 어딘가를 가리켰다. 그러고는 더듬거렸다.

"저, 저, 저기……."

"무슨 일이에요?"

마리가 움직였고 나도 뒤를 따랐다. 눈치를 보던 버틀러와 마를린, 그리고 피터도 방을 향해 다가갔다.

"젠장!"

제이크가 욕인지 비명인지 모를 소리를 내며 우리를 향해 몸을 돌렸다. 휘둥그레 커진 그 눈에 깃든 것은 분명 두려움의 감정이었다.

뭐지?

본격적으로 사건이 벌어지는 것 같아 흥분이 되면서도 한편으로는 무섭기도 했다. 그런 두 마음을 품은 채 방안을 들여다본 순간 나 역시 제이크와 비슷한 소리를 낼 수밖에 없었다. 그리고 그건 다른 사람들도 예외가 아니었다.

"꺄악!"

마를린이 내지른 날카로운 비명이 복도에 울려 퍼졌다. 정작 그 비명에 신경 쓰는 사람은 아무도 없었다. 아니, 신경 쓸 여력이 없었다. 눈앞에 펼쳐진 지옥도를 받아들이는데도 벅찼으므로.

천장을 가로지른 대들보에 시체 두 구가 매달려 있었다. 남자인 것 같은 한 구는 배가 완전히 갈라진 채 내장을 쏟아낸 끔찍한 몰골이었다. 나머지 한 구는 머리가 긴 여자였는데 팔다리 없이 머리와 몸통만 남아 있었다. 시체에서 흘러내린 피로 바닥은 축축하게 젖어 있었다. 창문이 열려 있었지만 진동하는 피비린내를 막지는 못했다. 창문으로 바람이 불어 들어올 때마다 시체가 흔들리며 바로 그 소리가 났다.

끼이익.

끼이익.

"우욱!"

피터가 토하는 소리를 들으며 나는 눈을 감았다 떴다. 끔찍한 광경은 사라지지 않았다. 오히려 미처 보지 못한 것들이 들어왔다. 시체 두 구 모두 눈을 부릅뜨고 있었다. 죽어서 생명의 빛을 잃어버린 눈이지만 그 안에 박힌 공포의 감정을 읽어 내기란 어려운 일이 아니었다. 그걸 보며 깨달았다. 저들은 목숨이 붙어 있는 동안 난도질당했다는 사실을.

“이게 무슨 일이야? 무슨 상황인지 아는 사람?”

버틀러의 질문은 고통에 찬 신음 같았다. 나는 시체를 향해 홀린 듯 다가갔다. 현실이 아니라는 걸 알면서도 너무나 생생했고, 그래서 더 섬뜩하고 끔찍했다. 남자의 축 늘어진 내장은 금방이라도 펄떡펄떡 움직일 것 같았다. 여자의 잘려 나간 사지는 뒤쪽에 아무렇게나 널브러져 있었다.

“여기가 왜 희생자 저택인지 이제 알겠네요.”

마리가 말했다.

“저건 인간이 한 짓이야!”

제이크가 외쳤다.

“진짜 살인마라고? 살인마가 이 저택에 있다는 거야?”

“바보 같은 질문 그만 좀 해. 머리 아프니까.”

마를린을 향해 쏘아붙인 버틀러는 방 안을 왔다 갔다 하며 계속 중얼거렸다.

“침착해. 침착해 제임스. 침착하라고.”

머리가 아픈 건 오히려 나였다. 버틀러의 신경질적인 중얼거림이 못 견디게 거슬렸다. 나는 그만하라고 외치는 대신 눈을 꾹 감고 집중했다. 이따위 거북한 게임 더는 하고 싶지 않았다. 하지만 게임을 클리어하겠다는 조건으로 컨티뉴X10의 베타테스터가 됐다. 중간에 그만두면 위약금 같은 걸 물게 된다고, 길고긴 약관에 적혀 있었던 것도 같았다.

왜 하필 이런 게임이야?

누구를 원망해야 할지도 몰라 나는 다시 눈을 떴다. 시체들은 여전히 사라지지 않고 나를 똑바로 노려보고 있었다. 공포에 질린 눈빛을 하고서.

"이 방에서 벗어나야 해요! 살아남는 게 미션이라면 망설이고 있으면 안 돼요. 다들 알잖아요? 보통 이런 상황에서 미적거리면……."

"그만 나불대! 나도 다 알고 있으니까."

제이크가 피터를 향해 소리쳤다.

"그쪽이나 조용히 해요. 큰 소리 내면 안 된다는 거 몰라요?"

마리가 말했다.

"왜요? 왜 큰 소리 내면 안 되죠?"

멍청한 질문을 쏟아내는 건 역시 마를린이었다.

"몰라서 물어? 저 시체들 좀 봐. 죽은 지 얼마 안 됐다고.

그래도 모르겠어? 저 짓을 한 놈이 언제 다시 올지 모른다는 뜻이잖아!"

버틀러가 말했다. 마를린도 답답했지만 잘난 척 훈계조로 떠들어대는 버틀러 역시 짜증스러웠다.

"어떡해요 그럼? 나 무서워."

마를린이 징징댔다. 그 콧소리에 신경이 곤두섰다.

"걱정하지 마. 내가 말했지? 살인마 따위 안 무섭다고. 어디 한번 나와 보라고 해!"

목소리 끝이 떨리는 데도 제이크는 허세를 부렸다.

"그런 말 하지 마세요. 이런 상황의 법칙 몰라요? 나와 보라고 하면 꼭 나오게 되어 있다니까요!"

피터가 주절주절 떠드는 것도 못마땅하기는 마찬가지였다. 이놈이고 저놈이고 하나같이 호감이 안 갔다. 아니, 혐오스럽기만 했다. 나는 이것들이 NPC라고 확신했다. 그렇지 않고서야 이런 행동을 할 리가 없었다. 인간 플레이어라면 이렇게 떠들 시간에 게임을 공략할 방법부터 찾을 것이다. 바로 나처럼.

나는 아무 말 없이 방에서 나갔다. 복도에 서니 좀 살 것 같았다.

"어딜 가는 거야?"

버틀러가 물었다.

흥. 프로그래밍 된 역할에 충실하겠다는 거지?

“그쪽이야 관심도 없겠지만 난 여기서 나갈 겁니다.”

나는 버틀러에게 장단을 맞춰 줬다.

“어떻게?”

“네?”

버틀러만이 아니라 다른 사람들도 나를 바라봤다. 황당하다는 표정으로.

“이 저택 밖으로 나갈 수 없게 되어 있는데 무슨 방법을 쓰겠다는 거야? 응?”

제이크가 따지듯 물었다.

무슨 개소리야?

“1층으로 내려가서…….”

“이미 해 봤어요.”

피터가 내 말을 막았다.

“하아. 한심하군. 그것부터 확인하는 게 상식 아냐? 우리가 바보도 아니고 왜 거기 모여서 대책 회의를 하고 있었다고 생각해? 그냥 밖으로 나가면 되는데. 못 믿겠으면 저 창문 밖으로 손이라도 내밀어 보든가.”

버틀러의 말을 채 다 듣지도 않고 다시 방으로 들어가 창문 쪽으로 향했다. 분명 바람이 불고 있었다. 저 시체들이 흔들릴 만큼 센 바람이었고 밤공기를 가득 머금어 서늘하기도 했다.

나는 달빛과 바람이 섞여 들어오는 창문을 향해 손을 내밀었다. 순간 보이지 않는 무언가에 가로막혔다. 창문 아래 나무가 우거진 풍경이 펼쳐져 있는데도 더는 손을 뻗을 수 없었다. 바람이 느껴지는 데도 그게 전부였다. 창문을 경계로 막이 쳐진 것 같았다. 투명하고 단단하며 악의를 품은 막.

"이, 이게 뭐야?"

나도 모르게 그런 말이 튀어나왔다.

"1층 현관도 똑같아요. 우린, 여기 갇힌 거예요."

마리가 말했다. 부드러운 목소리였다. 다른 것들이 다 NPC라 해도 마리만은 인간이면 좋겠다는 생각을 잠깐 했다. 그렇다고 달라지는 건 없겠지만.

"자, 저 멍청한 인간은 내버려 두고 빨리 생각들을 해 봐."

버틀러를 노려봤지만 놈은 내 시선 따위 신경도 쓰지 않았다. 속에서 욱, 하고 분노가 치솟았다. 이 빌어먹을 게임 세계도 짜증나고 그걸 자극하는 NPC들도 죄다 짜증났다. 현실에서도 짜증나는 것들 상대하느라 그 고생을 하는데 왜 게임에서도 이러는 걸까? 감탄할 만한 기술력이 있으면 뭐해? 게임을 이 따위로 만드는데. 이 스토리를 짠 인간의 면상을 보고 싶을 정도였다.

"흩어져서 숨어야죠. 그게 최선의 방법이잖아요. 확률적으로 생각해도 그 편이 훨씬 안전하고요."

"숨긴 뭘 숨어? 이딴 변태 짓이나 하는 살인마 따위 내가 해치워 버릴 거야! 그러니까 지금 당장 무기가 될 만한 걸 찾아야 해!"

"멋지다! 너 정말 살인마를 해치울 수 있어? 근데 이 살인마는 어떤 가면을 썼을까"

"흩어지면 안 돼! 모여 있어야 만일의 사태를 대비하지. 분산 투자니 뭐니 하는 건 이런 비상 상황에서는 안 통해. 모르겠어?"

"다들 진정하고 목소리 좀 죽여요. 이 짓을 한 놈이 언제 나타날지 모르잖아요."

나는 사람들, 아니 NPC들의 대화를 듣고만 있었다. 마리를 빼면 다들 멍청한 소리뿐이었다.

죽어도 싼 놈들…….

속으로 그렇게 중얼거렸을 때였다. 머릿속으로 뭔가가 번쩍 지나갔다. 나는 다섯 명을 차례로 살펴봤다. 죽어도 싼 놈들…… 죽어도 이상할 게 없는 놈들…… 죽이고 싶은…….

"맞다!"

나는 소리쳤다. 모든 게 확실해졌다. 머리가 맑아진 느낌이었다. 다섯 명이 날 노려봤지만 아랑곳하지 않고 생각을 정리했다.

저 다섯은 공포영화 속에서 늘 죽는 조연 캐릭터들이었다.

잘난 척하는 흑인 엘리트, 자랑할 거라고는 근육밖에 없는 백인 쿼터백, 조잘조잘 떠들어대는 동양인 꼬마, 머리가 텅 빈 금발 여자…….

누가 먼저 죽어도 하등 이상할 게 없는 조합이었다. 진짜 살인마가 있다면 저들 중 누구를 먼저 죽일까 고민하다가 밤을 샐 지경이었다. 마리는 조금 달랐다. 원래 착하고 예쁜 혼혈 여자는 끝까지 살아남는 법이다. 물론 그 법칙조차 쉽게 깨지는 게 요즘 공포영화의 트렌드이기는 했다. 이 게임의 이름이 '희생자 저택'인 이유, 그건 바로 저 캐릭터들이 다 희생자가 될 운명이기 때문이었다.

"흐흐."

그 사실을 깨닫자 다시 실실 웃음이 나왔다. 바보 같은 게 누군데? 살아남아야 한다고 아무리 떠들어 봐야 결국 다 희생당할 NPC 놈들 주제에…….

"뭐가 그렇게 웃겨? 응?"

제이크가 인상을 구기며 다가왔다.

"아니. 난 그냥……."

"인상부터 더러운 게 아까부터 마음에 안 들었어!"

제이크는 내 멱살을 틀어쥐었다. 예상치 못 했던 거친 반응에 나는 당황했다. 버틀러, 피터, 마틀린 모두 나를 적대

적인 시선으로 보고 있었다. 눈빛에서 적의가 느껴졌다. 적의의 다른 이름은 경멸과 무시였다. 현실에서도 종종 느꼈던 그 시선. 편의점 손님들, 한때 내가 짝사랑했던 여자들, 피땀 흘려 일했던 지난 직장의 동료들까지 모두 같은 눈빛으로 날 바라봤다.

그래서 나는 어떻게 했더라?

"그만해요. 우리끼리 왜 이러는 거예요?"

마리가 제이크를 말렸다. 녀석이 마리의 손을 홱 뿌리쳤다. 그걸 보자 더는 참을 수 없었다. NPC들의 장단에 놀아주는 것도 지긋지긋했다.

"그만해."

"뭐?"

"그만하고 시나리오대로 그냥 죽으라고. 하하!"

하하. 웃음이 터져 나왔다. 눈물이 맺힐 정도로 웃었다. 그때였다. 제이크가 멱살을 쥔 채로 나를 세게 밀었다. 생각보다 강한 힘에 균형을 잃었다. 넘어지지 않으려고 한쪽 발을 옆으로 내디딘 순간, 바닥에 고인 핏물을 밟고 그대로 미끄러졌다.

"아!"

마리의 놀란 표정이 시야에 들어왔다. 외마디 비명이 귓가를 스쳤다. 나는 공중에 붕 떴다가 뒤통수부터 떨어졌다. 그

찰나의 순간이 영원처럼 길게 느껴졌고 곧 끔찍한 통증이 머리를 강타했다. 그리고 믿을 수 없게도, 나는 정신을 잃었다.

처음에는 그저 겁만 줄 생각이었다. 편의점에서 우리 집까지 이어지는 그 긴 골목길에는 가로등이 거의 없었다. 아르바이트를 마치고 돌아갈 때면 항상 깜깜했다. 그 어둠 속에서는 내 왜소한 체격도 꽁꽁 숨길 수 있었다.

어느 날 그 여자가 앞서 걸어가는 걸 발견했다. 어두웠지만 충분히 알아볼 수 있었다. 내 고백을 거절했던 바로 그 여자라는 사실을.

"뭐가 오해하신 것 같은데요. 전 그쪽 관심 없어요."

캔 커피 하나에 좋아한다는 내용을 빼곡하게 적어 넣은 포스트잇을 붙여 전했을 때 여자가 한 말이었다. 그때의 눈빛을 잊지 못한다. 경멸과 무시가 가득 들어 있던 그 눈빛.

"저한테 늘 웃어 줬잖아요? 친절하게 대했잖아요? 감사하다고 꼬박꼬박 말해 줬잖아요? 그건 다 뭐였어요? 좋아해서 그런 거잖아요!"

내 말에 여자는 인상을 구기더니 한 마리를 던지고는 편의점에 다시 나타나지 않았다.

"뭐래?"

여자는 내 마음을 철저히 무시했다. 좋아하는 감정이 증오로 바뀌기까지는 그리 긴 시간이 필요하지 않았다.

그랬는데, 그 여자를 발견한 것이다.

나는 무작정 따라갔다. 그것도 일부러 발소리를 크게 내면서. 어두운 골목에서 누군가가 따라올 때 여자들은 공포를 느낀다고, 어딘가에서 본 것 같았다. 그 말은 맞았다. 여자는 내 발소리에 뒤를 힐끔 보더니 더 빨리 걷기 시작했다. 그 꼴이 우스웠다. 조금 더 겁을 줘도 되겠다 싶었다.

내 마음을 비참하게 짓뭉갰으니 이 정도는 감수해야지. 흐흐.

잰걸음으로 여자의 뒤를 쫓았다. 여자는 거의 달리다시피 도망가기 시작했다. 그 꼴을 보자 문득 화가 치밀었다.

도망?

내가 뭘 어쨌다고 도망을 가?

나도 달렸다. 여자의 어깨를 낚아챈 뒤 묻고 싶었다. 왜 내 마음을 가지고 놀았는지, 왜 이렇게 날 무시하고 싫어하는지.

"꺄악!"

내가 어깨를 잡자마자 여자는 비명을 질렀다. 입을 막았지만 소용없었다. 어둡고 조용한 골목길에 찢어질 듯한 비명이 울려 퍼졌고 당황한 나는…….

똑.

차가운 액체가 이마에 떨어졌다. 어둡기만 하던 의식의 밑바닥에서 작은 빛이 한 점 맺혔다가 점점 범위를 넓혀갔다. 머리가 깨질 듯 아팠지만 그건 좋은 신호였다. 정신이 돌아온다는 뜻이니까. 눈을 떠 보려고 하는데 머리 위쪽에서 목소리가 들렸다.

"이걸로 끝이야? 지하에 버려두면 되는 거냐고?"

버틀러였다.

"그럼 어쩌자고요? 이 덩치 새끼 여기까지 끌고 내려온 것도 힘들었는데 다른 데로 옮기자고? 그냥 여기 둬요. 어차피 죽었는데."

제이크의 목소리였다.

"간만에 즐겁게 게임 좀 하나 했는데 일이 꼬였네요. 이래서 초보랑 같이 하면 안 된다니까요."

피터였다.

"난 처음부터 맘에 안 들었어. 게임 속에서 죽었으니까 뭐, 이제 아무것도 못하겠지. 빨리 우리끼리 놀아요."

콧소리의 주인은 보나마나 마를린이었다.

잠시 후 여러 개의 발소리가 들리는가 싶더니 문이라도 닫힌 듯 쿵, 소리가 났다. 나는 그제야 눈을 떴다. 어두웠고 여전히 머리는 아팠으며 빌어먹을 몸 역시 군데군데 다 비명을 질러댔지만 정신은 멀쩡했다. 나는 주위를 둘러봤다. 희생자 저택의 지하실인 것 같았다. 천장이 낮았다. 벽과 바닥 모두 표면이 그대로 드러난 나무였다. 벽에는 작은 창문이 뚫려 있었다. 그 창문을 보자마자 한 단어가 생각났다. 반지하. 내 집과 별반 다를 게 없는 공간. 큰 차이점이라면 이 저택의 지하실은 엄청나게 넓다는 사실이었다. 커다란 나무 탁자 위에 놓인 갖가지 공구들이 달빛 아래 모습을 드러내고 있었다.

"그런 거란 말이지."

나는 생각을 가다듬으며 중얼거렸다. 피터가 했던 말이 떠올랐다.

– 즐겁게 게임 좀 하나 했는데 일이 꼬였네요.

그런 거란 말이지…….

저것들은 NPC가 아니었다. 내가 착각한 것이다. 플레이어, 그러니까 인간들이었고 '희생자 저택'이라는 게임을 즐기려고 모인 놈들이었다. 컨티뉴X는 물론이고 컨티뉴X10이라는 이 새로운 기종에 대해서도 잘 아는 게 틀림없었다. 각자 맡은 캐릭터 역시 역할극 비슷한 거겠지. 자기들끼리 낄낄거리며 즐기고 있었는데 아무것도 모르는 내가 끼어든 것이다.

그렇다면…… 나는 어떤 캐릭터였을까?

지하실 나무 기둥에 먼지 낀 거울이 달려 있었다. 그 앞에 섰다. 손으로 먼지를 걷어내자 험악한 인상을 한 덩치 큰 남자가 서 있었다. 아무렇게나 자란 머리카락에는 피가 말라붙어 있었고, 청색 작업복은 기름때에 절어 있었다. 무엇보다 시선을 끄는 건 탄탄한 근육이었다.

이게 나라고?

이건 공포영화 속 살인마…….

"그래. 바로 그거야!"

확실히 알게 되었다. 모든 게 명확해졌다. 날 이 지하에 버려두고 간 저놈들은 희생자 저택이라는 게임에 어울리는 캐릭터를 나눠 가졌다. 재수 없는 흑인, 멍청한 금발, 근육 바보 백인, 밉살스러운 동양인 꼬마, 바른 말 잘하는 혼혈 여자. 멍청한 놈들은 자기들 캐릭터에만 신경 쓸 뿐 정작 가장 중요한 역할이 빠졌다는 걸 모르고 있었다. 이 게임을 진행하려면 꼭 필요한 캐릭터. 그리고 희생자 저택이 진정한 '희생자 저택'이 되려면 반드시 있어야 하는 존재. 내가 바로 그였다.

무자비한 살인마.

"하하하."

나는 웃었다.

"크하하!"

지하실이 떠나갈 듯 웃음을 터트렸다. 이곳에서 살아남아야 한다. 간단한 미션이었다. 즉, 최후의 승자가 되면 그것으로 게임을 클리어하는 것이다. 무한한 자유가 주어진다. 그것 역시 일종의 힌트였다. 무한한 자유 속에는 내가 원하기만 한다면 다른 캐릭터를 죽일 수도 있다는 뜻이 들어 있었다. 죽여 봐야 어차피 게임이다. 법적 처벌을 두려워할 필요도 없고 들킬까 봐 전전긍긍할 일도 없다.

"좋았어."

나는 중얼거렸다. 여전히 큼지막한 웃음을 입에 걸고서. 내 험악한 얼굴은 미소를 짓자 몇 배는 더 흉측하게 보였다.

난 그게 마음에 들었다. 죽어가던 사람들이 날 보며 두려워하던 그 눈빛. 그걸 보면 분노가 조금은 사그라졌고 그래서 다섯을 죽였다. 운 좋게도 나는 잡히지 않았다. 한두 번 용의선상에 오르기는 했지만 평균보다 한참 작고 힘없어 보이는 날 잔혹한 살인마라고 생각하는 이는 아무도 없었다.

탁자 위에 놓인 망치를 들었다. 묵직했다. 그야말로 영화에서나 나올 법한 날이 긴 큼지막한 칼은 허리에 찼다. 무기를 두 개 챙긴 것만으로도 든든했다. 이것들을 사용해 하나 둘 죽일 생각을 하니 벌써 심장이 뛰었다. 탁자에서 몸을 돌리려는 찰나, 밀짚모자가 눈에 들어왔다. 논밭의 허수아비에게 씌워 줄 것만 같은 챙이 넓고 낡은 모자였다. 나는 그걸 썼다. 가면은 아니어도 날 표현할 수 있는 뭔가가 더해졌다는 생각에 기분이 좋았다. 이런 걸 두고 득템이라 하는 거지? 하하하.

삐걱. 삐걱.

내 육중한 몸이 나무 계단을 오를 때마다 그런 소리가 났다. 나는 서두르지 않았다. 아무렴, 살인마는 절대 달리지 않는다. 놈들은 이 저택에서 벗어날 수 없다. 하나씩, 하나씩 최대한 잔인하고 고통스럽게 처리한 후 나 혼자 살아남으면 되는 것이다.

지하실 문을 열고 1층 복도에 올라섰다. 낯설기만 했던 저택은 이제 내 집처럼 편안하게 느껴졌다. 이게 게임이라는 사실은 이제 중요하지 않았다. 아니, 게임인지 현실인지 분간하고 싶지도 않았고, 분간하기도 어려웠다. 나는 그저 내 역할에 충실할 생각뿐이다.

망치를 고쳐 쥐었다.

주방 쪽에서 작은 소리가 들렸다. 그곳으로 고개를 돌렸다. 어둠이 움푹 고여 있었다. 나는 주방 안으로 들어갔다. 누군가가 숨어 있다는 건 분명했다. 왠지 느낄 수 있었다. 내가 봤던 공포영화를 떠올렸다. 거기에서는 보통 그릇장 안이나 싱크대 옆에 숨어 살인마가 지나가길 바랐다. 누구이건 그 법칙에 충실히 따르고 있을 거라 생각했다. 바보 같은 놈들은 이게 그냥 게임이라고만 생각할 테니까.

나는 그릇장 앞에 섰다. 역시 나무로 만든 아주 커다란 물건이었다. 문을 열었다. 그릇은 몇 개 없고 대신 테이블보가 쌓여 있었다. 멍청한 살인마라면 여기에서 몸을 돌리겠지만…….

"찾았다!"

테이블보 더미를 헤쳤다. 아무도 없었다. 그때였다. 등에 날카로운 뭔가가 꽂힌다 싶더니 날선 통증이 훅 덮쳐 왔다.

"윽!"

신음을 흘리며 뒤를 돌아봤다. 피터가 서 있었다. 쭉 찢어진 작은 눈을 반짝이며 놈은 나를 노려봤다.

"여기! 여기 놈이 있어요!"

피터가 외쳤다. 나는 팔을 뒤로 뻗어 등에 꽂힌 걸 빼냈다. 신경이 확 곤두설 정도로 아팠다. 식탁용 나이프였다. 스테이크를 썰 때 사용하는 그 칼. 피로 번들거리는 칼날에 잠시 한눈을 판 사이 이번에는 옆구리가 뜨끔했다. 어느새 내 품으로 파고든 피터가 기다란 포크를 찔러 넣고는 의기양양하게 웃었다.

"맛이 어때?"

"죽인다!"

분노와 통증은 사이좋은 동반자였다. 피터를 향해 망치를 휘둘렀다. 녀석은 잽싸게 피하더니 몸을 돌려 주방을 벗어나 달렸다. 나는 그 뒤를 쫓았다. 한 걸음, 한 걸음 디딜 때마다 등이 찢어질 듯 아팠다. 옆구리 통증도 만만치 않았다. 그제야 여전히 포크가 꽂힌 채 덜렁거리고 있는 걸 발견했다. 무슨 용도로 사용하는지도 모를 길고 날카로운 포크를 옆구리에서 빼내자 피가 배어 나왔다. 다시 시뻘건 분노가 치밀었다.

계단 쪽에서 발소리가 들렸다. 피터가 2층으로 도망쳐 올라가는 모양이었다. 나는 망치를 들고 성큼성큼 계단을 올랐다. 피터는 어차피 죽을 운명이었다. 저런 캐릭터는 반짝 활약하다가도 끝내 머리가 터지거나 얼굴이 뭉개지도록 맞아서 죽기 마련이다. 꼭 그렇게 만들어 줄 생각이었다.

2층 복도는 조용했다.

"어디 있어?"

큰 소리로 외쳤다. 내 거칠고 탁한 목소리가 복도에 쩌렁쩌렁 울렸다. 피터는 물론이고 다른 녀석들 역시 내 목소리를 듣고 벌벌 떨고 있을 거라 생각하니 기분이 조금 나아졌다. 어쩌면 오줌을 지렸을지도 모른다. 하하하.

처음 사람들과 마주했던 그 방으로 들어갔다. 이런 곳에 숨는 것 역시 흔해 빠진 설정이었지만 어떤 멍청이는 그런

짓을 하고 있을 것이다. 방은 내가 나왔을 때와 달라진 게 없어 보였다. 램프가 거의 꺼져 간다는 점만 빼고는. 그리고…… 창문에 길게 드리운 커튼이 조금 부풀어 있다는 점을 빼고는.

저기 있구나.

뻔한 수작에 헛웃음이 나올 지경이었다. 하긴, 궁지에 몰린 사람들은 늘 최악의 선택을 한다. 내게 늘 신용카드를 집어던지던 그 남자도 마찬가지였다. 미행을 해 집까지 찾아갔을 때 놈은 싹싹 비는 대신 화를 냈다. 누가 꼰대 아니랄까 봐 젊은 놈이 이딴 짓을 왜 하느냐며 손가락질을 했다. 그런데 난 읽을 수 있었다. 그 중년 꼰대의 눈에 깃든 두려움을. 망설임 없이 공격해 배를 쑤실 수 있었던 건 그 덕분이었다. 편의점에서 슬쩍한 공업용 커터칼은 지방으로 똘똘 뭉친 배를 가르기에 충분했다. 그때 그놈이 사과했다면 난 죽이지 않았을까? 몇 번 생각해 봤지만 언제나 답은 하나였다.

아니.

망치를 치켜들며 커튼을 확 젖혔다. 없었다. 아니, 옷걸이만 덩그러니 놓여 있을 뿐이었다. 아차 하며 몸을 돌리려 할 때 머리 쪽으로 무언가가 날아왔다.

퍽!

원목 의자였다. 그 단단한 물건이 내 머리를 때리며 부서졌다. 강한 충격에 휘청했다. 눈앞에서 섬광이 터졌다. 나는 버르적거리면서도 망치를 휘둘렀다. 닿지 않았다. 제이크는 눈을 번득이며 소리쳤다.

"공격해 봐! 공격해 보라고 이 자식아!"

참을 수 없는 화가 화산처럼 터졌지만 그것보다는 통증이 더 강했다. 이마 쪽이 찢어졌는지 얼굴 위로 피가 줄줄 흘러내렸다. 아까 뒤통수가 깨졌을 때와는 차원이 다른 고통이었다. 머리가 어질어질했다. 제이크는 계속 떠들었다.

"당해 보니까 어때? 응?"

공포영화 속 근육질 백인 남자는 자기 힘만 믿고 살인마에게 달려들다가 허리가 반으로 꺾여 죽기 일쑤였다. 아니면 살인마의 어마어마한 악력에 얼굴이 찌그러지거나. 가장 비참하게 죽는 게 바로 제이크 같은 캐릭터였다. 나는 놈을 향해 비틀거리며 다가갔다. 죽이지 않고는 도저히 분노와 통증이 가라앉지 않을 것 같았다.

"순순히 잡혀 줄 줄 알아?"

제이크는 나를 공격하는 대신 슬슬 뒷걸음질 치더니 복도로 달려 나갔다.

"으아아!"

나는 분노에 차서 소리를 질렀다. 칼도 같이 빼 들었다. 참을 수 없었다. 뭉개고 베고 난도질할 것이다. 눈에 띄기만 하면 끝까지 쫓아가 죽일 것이다.

놈들이 어디 숨었을까?

두리번거리다가 2층 복도 왼쪽 끝에 있는 또 다른 방을 발견했다. 그곳으로 걸어가 방문을 홱 열었다. 침실이었다. 역시 고풍스럽고 잘 정돈된 공간이었다. 커다란 원목 침대가 방 중앙에 놓여 있었다. 벽에는 옷장과 책장이 서 있었다. 침대 바로 옆에는 재봉틀도 있었다. 이 방에도 분명 누군가가 숨어 있을 거라는 예감이 들었다. 침실에 숨는 것이 제일 일반적이니까. 문 앞에 선 채로 방 전체를 둘러봤다. 숨을 곳은 많았지만 이번에도 역시 두 곳으로 좁힐 수 있었다. 침대 밑과 옷장 안. 둘 중 한 곳에서 벌벌 떨고 있을 그 누군가를 떠올리자 빌어먹을 통증이 조금 가시는 것도 같았다.

방안으로 들어갔다. 착각이었다. 움직이자 각 부위가 다시 비명을 질러댔다. 칼을 맞은 등은 등대로, 포크에 찔린 옆구리는 옆구리대로, 깨진 머리는 머리대로 각기 다른 통증을 쏟아내고 있었다. 공통점이라면 지독하게 아프다는 사실뿐이었다. 게다가 생각보다 피가 많이 흘러 내렸다.

빨리 싹 다 죽이고 이 게임에서 나가는 거야.

나는 어금니를 깨물어 고통을 씹어 삼켰다. 아무리 현실감 넘치는 게임이라 해도 이 정도로 생생한 통증을 느끼게 만들다니 어이가 없을 정도였다. 이건 게임이 아니었다. 마치 또 다른 현실, 알지 못하는 차원에 존재하는 세계 같았다. 메타버스라고 해야 하나? 그게 정확히 무슨 뜻인지는 몰라도 현실과 비슷한 듯 다른 세상을 메타버스라 부른다는 것만은 나도 알고 있었다. 현실에서의 나는 나약하고 지질한 편의점 아르바이트생이자 흉악한 살인자이지만 이곳에서의 나는 거칠고 당당한 살인마다. 이왕이면 새로운 세상에서의 내 캐릭터를 더 즐기고 싶었다. 그러자면 훨씬 더 무자비해야 한다. 공포영화 속 살인마들처럼. 그러니 이 따위 고통에 멈칫 할 순 없었다.

고통…….

한 가지 마음에 드는 건 내가 이렇게 통증을 느끼듯 내 손에서 죽어 나갈 다른 놈들 역시 끔찍하게 아플 것이란 사실이었다. 적어도 희생자 저택이라는 이 메타버스 안에서는 너무 고통스러워 차라리 죽여 달라 애원하게 만들어야지. 하하하.

그 생각을 하며 침대 매트리스를 획 들어올렸다. 멍청한 희생자는 백이면 백 침대 밑에 숨어 숨을 죽이고 있을 거라는 생각에.

"어?"

침대 밑은 텅 비었다. 뭔가가 잘못됐다고 깨닫고 칼을 고쳐 쥔 순간 바로 아래에서 기척이 느껴졌다. 밑을 내려다봤다. 어디에 숨었다가 튀어나왔는지 마를린이 내 발 쪽에 웅크리고 있었다. 마를린은 커다란 재봉가위를 든 채였다.

"죽……."

…… 어! 말을 끝내기도 전에 재봉가위가 내 오른쪽 발목을 자르고 지나갔다.

"크악!"

이번에야말로 참지 못하고 비명을 질렀다. 뜨겁고 선명한 통증이 발목을 지나 온몸을 휘돌았고 나는 풀썩 주저앉고 말았다. 마를린은 내게서 멀찌감치 물러난 뒤 일어서서는 멍청해 보이는 얼굴 가득 미소를 지었다.

"이런 캐릭터한테 당하니 분하지? 우리들 모두 금세 처치할 거라 생각했어?"

"으아!"

나는 몸을 날리며 칼을 휘둘렀다. 딱 한 뼘 정도가 모자랐다. 넓적한 칼날은 그저 허공을 스쳤을 뿐이었다. 마를린은 여유만만하게 뒤돌아서서는 한 마디를 남기고 침실에서 나갔다.

"아예 못 걸으면 재미없으니까 한쪽 아킬레스건은 나뒀어. 하하."

"으윽."

참으려 해도 신음이 저절로 나왔다. 아팠다. 끔찍하게 아팠다. 피가 너무 많이 쏟아져 바닥이 젖을 정도였다. 상처가 깊어 뼈가 드러났다. 나는 침대 난간을 짚고 간신히 일어났다. 너무나 아파 눈물이 났다. 절뚝거리며 2층 복도로 나갔다. 분노의 감정과 고통의 감각이 번갈아 가며 들고 일어났다.

나쁜 놈들.

죽어 마땅한 놈들.

죽어야 할 놈들!

나는 현실에서 그랬던 것처럼 계속 그 말을 되뇌었다. 그렇게 하면 없던 용기도 샘솟았고 잠잠하던 분노도 화르르 불타올랐다. 그 여자를 죽일 때도, 꼰대 남자를 죽일 때도, 날 모함해 해고당하게 만든 전 직장의 동료를 죽일 때도, 건성으로 대답하던 가스검침원을 죽일 때도, 잔소리를 해대던 편의점 사장 부인을 죽일 때도 그 말들이 도움을 줬다.

"좀 어때요?"

목소리가 들렸다. 마리였다. 고개를 돌려 3층으로 향하는 계단을 올려다봤다. 마리가 어둠에 휩싸인 계단에 서 있었다.

"다른 놈들은 어디 있지?"

계단으로 다가가며 마리에게 물었다.

"고통스러운가요?"

마리가 물었다. 알 수 없는 표정을 하고서.

“넌 살려주겠어. 그러니 다른 놈들을 넘겨.”

“알았어요. 날 따라와요.”

마리는 등을 돌린 채 3층을 향해 올라갔다.

좋아. 역시 마리는 다르군.

나는 마리를 따라 어두운 계단을 오르려고 한 걸음을 내디뎠다. 오른쪽 발목이 너무 아파 절뚝거릴 수밖에 없었고, 그래서 왼쪽 발을 먼저 움직였다. 그때였다. 나무 계단과는 다른 느낌의 무언가를 밟았다는 느낌에 움찔했다. 발을 빼려 했지만 이미 늦었다.

철컥.

“으악!”

쇠와 쇠가 맞물리는 섬뜩한 소리와 함께 바로 비명이 터져 나왔다. 크고 흉포한 덫이 그 날카로운 이빨로 내 왼쪽 발목을 깨물었다. 아니, 물어뜯었다. 너무 아파 무심코 오른쪽 발에 힘을 주며 버티려고 했다.

“으윽!”

잠시 잊고 있었던 뜨거운 통증이 되살아났다. 나는 이러지도 못하고 저러지도 못하는 상황에서 간신히 벽을 짚고 넘어지는 것만은 막았다.

“아파? 고통스러워? 킬킬킬킬.”

위층에서 마리의 날카로운 웃음이 들렸다. 나는 마녀처럼 웃는 그 여자를 올려다봤다.

"이제 시작이야. 다른 사람들을 고통스럽게 한 죗값, 지금부터 치러야 하는 거야. 킬킬킬킬."

마리는 미친 듯이 웃었다.

"너…… 도대체 누구?"

더듬거리며 그런 질문을 던진 순간 눈앞으로 무언가가 쑥 내려온다 싶더니 둥글게 매듭지은 밧줄이 목에 걸렸다. 아차, 싶었지만 이번에도 한 발 늦고 말았다. 내가 미처 빼내기도 전에 밧줄이 위로 휙 당겨지며 목을 조르기 시작했다.

"크윽."

단번에 숨이 막혀 왔다. 아무리 발버둥 쳐도 소용없었다. 발이 덫에 걸려 움직이기가 더 힘들었고, 밧줄은 그 자체로 어떤 악의를 품고 내 숨통을 조여 오는 것 같았다.

"죽이진 않을 테니 걱정하지 마. 아니, 이제부터 진짜 걱정해야 할걸? 정신을 잃고 깨어나면 정말 끔찍한 일이 기다리고 있을 테니까. 네가 그들에게 한 짓 같은 일들이……."

버틀러였다. 버틀러가 한 층 위에서 떠들어 대고 있었다. 나는 고개를 한껏 뒤로 젖혀 위를 올려다봤다. 버틀러, 마를린, 제이크, 피터가 내 목에 걸린 밧줄을 잡아당기며 환한 미소를 짓고 있었다.

네까짓 놈들이…… 희생자가 돼야 할 것들이…… 죽어야 할 놈들이…….

의식이 점점 멀어졌다. 숨을 쉬는 게 더는 불가능했다. 눈앞이 흐려진다 싶더니 이내 암흑이 찾아왔다.

"큭."

숨이 빠져나갔다. 의식이 멀어졌다. 불이 완전히 꺼진 것 같았다. 점점 가라앉는 의식 속에서도 나는 한 가지 사실만은 똑똑히 알 수 있었다. 끝이 아니었다. 고통은, 이제 시작이었다.

희생자 저택.

이 제목의 진정한 의미는…….

"델타 661번의 통증 수치가 올라가고 있습니다."

23번 오퍼레이터가 보고했다. 컨티뉴X 시리즈를 만든 회사 '식스 엑스'의 회장 김루나는 '희생자 저택'의 홀로그램 화면을 주시했다.

화면 속에서는 델타 661번이 막 깨어나고 있었다. 의자에 꽁꽁 묶인 그는 괴로운 듯 몸부림쳤다. 델타 661번 앞에 선 다섯 명의 유족은 각자의 캐릭터 모습을 한 채 비열하고 흉악한 살인마를 내려다보고 있었다. 김루나는 그들이 들고 있는 각종 도구를 보며 어깨를 으쓱했다. 톱, 펜치, 송곳, 불에

달군 인두, 그리고 칼.

칼을 든 이는 마리라는 캐릭터를 사용했다. 언니를 죽인 델타 661번에게 복수하려고 참가한 그는 일식 주방장이라고 했다. 그를 위해 특별히 준비한 아이템인 회칼로 어떤 식의 복수를 할지 훤히 그려지는 탓에 김루나는 살짝 얼굴을 찡그렸다. 생각만 해도 아팠다. 뭐, 아픈 거로 하자면 다른 도구도 마찬가지겠지만.

"실험은 성공적입니다."

옆으로 다가온 수석 오퍼레이터 R이 속삭이듯 말했다. 김루나는 고개를 끄덕였다.

델타 661번은 미제 살인 사건의 범인이었다. 그걸 밝혀 낸 것은 식스 엑스에서 고용한 사설탐정들이었다. 델타 661번에게 희생당한 이는 모두 다섯 명. 그 희생자들의 유족은 이 흉악한 범인을 곱게 법정에 세우기를 거부했다.

"살인마의 인권이 우리 유족의 분노보다 중요한 세상이잖소."

델타 661번이 두 번째로 죽인 한 남성의 형은 김루나를 향해 그렇게 말했다. 그는 버틀러가 되어 '희생자 저택'에 참가했다.

"저놈은 사형도 안 당할 거고 어차피 교도소에서 잘 먹고 잘 살 거잖아요. 우린 저놈이 끔찍한 고통을 겪으면 좋겠어요."

죽은 아빠의 딸, 마를린은 그런 말도 했다.

'희생자 저택' 프로젝트는 그런 이유로 만들어졌다. 델타 661번에게 이벤트를 가장해 컨티뉴X10에 접속하도록 만든 후 희생자 저택이라는 게임에 투입했다. 그러고는…… 한때는 희생자였던 이들의 유족이 게임을 가장해 델타 661번을 응징하도록 만들었다. 모든 감각을 현실과 똑같이 느낄 수 있는 신기술을 '복수'와 '처벌'이라는 주제로 엮어낸 것이다. 물론, 모든 건 합법적이었다. 델타 661번은 지금도 자신의 집에서 편히 앉은 채 컨티뉴X10을 즐기고 있는 것처럼 보이니…….

"현실에서의 델타 661번은 안전한 거지?"

김루나가 물었다.

"물론입니다. 델타 661번은 그저 희생자 저택이라는 메타버스 안에서만 고통을 느끼고 있을 뿐입니다."

R이 대답했다.

"현실과 똑같은 생생한 고통이지."

김루나의 말에 R이 쓴웃음을 지으며 덧붙였다.

"영원히 계속되는 고통이죠. 무한의 고통."

"데이터를 잘 정리해. 그런 후 사법부와 미팅을 잡아줘."

"알겠습니다. 우리 컨티뉴X10이 사법 시스템의 혁신을 가지고 올 거라고 저는 믿습니다. 물리적인 위해는 가하지 않지만 고통은 줄 수 있다면 사법부도 이걸 통한 처벌에 동의할 겁니다."

"무엇보다 국민들 대다수가 원할 거야. 여론의 압박에는 사법부도 어쩔 수 없을 거고."

김루나는 희생자 저택 홀로그램 화면에 다시 시선을 뒀다. 피터가 펜치로 델타 661번의 손톱을 뽑고 있었다. 통증 수치를 나타내는 그래프는 계속 고공행진을 했다. 김루나는 만족한 듯 미소를 지었다. R이 말했다.

"게임은 상황에 따라 여러 개 준비했습니다. 식인종의 섬, 무간지옥 탈출, 악령의 숲 등 사법부의 허가가 떨어지는 즉시 모두 플레이할 수 있습니다."

"좋아. 세상 사람들에게 보여주자고. 컨티뉴X를 어떻게 사용하는가에 따라 무한한 가능성이 열린다는 것을."

마르린이 톱을 들고 델타 661번에게 다가가는 것을 보며 김루나는 돌아섰다. 사법부 관계자를 만나려면 의상을 갈아입는 게 낫겠다고 생각하며.

필사의 퇴근

은상

1

오른쪽 귀 쪽으로 총알이 스치고 지나갔다.

바람을 느낀 듯도 하다. 바람을 느낄 수 없는 시스템인데도 말이다. 이번에 테스트용으로 받은 VR게임기 '컨티뉴X'는 그만큼 실감 나게 잘 표현하고 있다. 헤드기어를 쓰고 마치 안마의자처럼 생긴 장치에 누워 있는 것만으로도 진짜 현장에 와 있는 듯한 느낌을 표현하다니, 이번 체험이 끝나면 높은 점수의 리뷰를 써 줘야겠다 .

이삿짐 센터에서 쓰는 사다리차까지 등장해서 컨티뉴를 배송해 줄 때는 어머니가 한심하다는 눈초리로 나를 쳐다보기까지 했다. 대학교 4학년, 이제 곧 졸업을 앞둔 마당에 거대한 게임기를 집 안에 들여놓고 있는 것이 한심해 보였을 것이다. 충분히 이해하지만 나는 기쁨을 감출 수 없었다. 나한테 이런 큰 행운이 도착하다니.

대학교 4학년을 돌아보면 해놓은 일이 아무것도 없는 듯했다. 1학년 마치고 군대를 평범하게 다녀오고, 후배의 소개 덕분에 한 번의 연애를 경험하고, 부모님을 졸라 학교를 1년 휴학한 뒤 어학연수를 다녀오고, 지금은 어디 인턴이라도 뽑는 데 없나 살펴보고 있는, 딱히 흠잡을 데는 없지만 잘한 것도 없는 취업준비생이 되었다. 그렇다고 청운의 꿈을 꾸었는데 환경이 안 좋아서 이루지 못한 슬픈 사연이라도 가지고 있느냐 하면 그것도 아니다. 딱히 하고 싶었던 것도 없었기 때문에 반대에 부딪쳐 보지도 않았다. 그런 나에게 무심코 신청한, 무려 4백 만원이 넘는 게임기인 컨티뉴X 테스터 당첨은 일약 대사건이었다.

그래서 난 지금 여기서 고지전을 치르고 있는 것이다. 참호 속에서 웅크리고 있는데도 총알이 머리 위로 쉴 새 없이 지나간다. 재래무기를 사용하는 고지전을 원칙으로 삼은 이 게임 '오버더힐(Over the Hill)'에 접속한 이유는 단순했다. 이 게임이 내세우고 있는 '협력'이라는 모토에 끌렸기 때문이다. 모르는 누군가와 함께 임무를 완수한다는 로망이 갑자기 살아났다. 혼자 게임기 안에 갇혀서 그런 생각을 한다는 게 우습기는 했지만, 로망은 로망이니까.

"인공지능 병사가 점령하고 있는 고지를 100명의 전우와 함께 탈환하라. 오직 협력과 전우애만이 당신의 생명을 지켜 줄 것이다."

이런 오글거리는 문장에 끌리는 것을 보면, 정신적으로 약해져 있는 것이 아닌가 하는 생각이 든다. 게임 환경도 실감나고 모든 상황이 다 마음에 들었지만 문제가 하나 있었다. 아직 '전우'를 한 명도 발견하지 못했다는 것이다. 긴 참호를 이리 저리 둘러보아도 나 혼자뿐이었다. 매뉴얼에 의하면 한 방(room)에 100명이 접속해야 게임이 플레이되기 시작한다고 되어 있었기 때문에 적어도 내 전우가 99명은 있어야 한다.

난 일단 포복으로 참호를 돌아다녀 보기로 했다. 혼자 닥치고 돌격하다 죽으면 이 게임의 주제인 '협력'을 한 번도 못 해보는 셈이니까. 엎드리는 시늉을 하니까 게임 안에서는 진짜로 엎드렸다. 매뉴얼에 신경망이 어쩌고 저쩌고 하는 부분이 있는 걸 봤는데, 진짜로 리얼하다. 나중에 매뉴얼을 좀 자세히 봐야겠다. 더 다양한 동작을 취할 수 있는데 내가 모르는 것일 수도 있으니.

한 5분쯤 기어갔을까? 엄청나게 큰 폭음이 뒤에서 들려왔다. 진동이 느껴지기도 했다. 엎드린 자세 그대로 뒤를 돌아보니 내가 지나온 곳에서 그리 멀지 않은 곳이 움푹 파지고 주변에서 연기가 올라오고 있었다. 그리고 또 한 번. 엄청난 굉음과 함께 연기가 피어올랐다. 이번에는 조금 더 가까웠다. 적의 포격이었다. 이렇게 기어가다가는 게임오버가 될지도 모른다는 생각이 들었다.

난 본능적으로 일어나서 뛰기 시작했다. 뒤를 돌아볼 여유도 없었다. 폭음은 바로 뒤에서 계속 들렸다. 난 진짜 공포를 맛보았다. 순간적으로 지금 내가 게임 속에 있다는 걸 잊어버릴 정도였다.

게임오버에서 벗어나려고 몇 분을 달렸을까? 더 이상 달릴 수 없었다. 실제로 숨이 차고 손에 들고 있던 M4 소총이 너무 무거웠다. 내 몸이 실제로 달리고 있는 건가? 이건 달린다고밖에 생각할 수 없다. 그렇지 않고서야 이렇게 힘들리가 없다. '게임이 너무 리얼해도 문제군. 아직 베타 테스트니까 이런 점은 수정되겠지.'

포격은 이제 멈춘 것 같다. 이제 좀 누워서 생각을 정리해봐야겠다. 아무래도 맵이 워낙 넓어서 플레이어가 서로 만날 수 없게 된 것인지, 아니면 뭔가 시스템이 잘못돼 혼자 남은 것인지, 아직 다른 플레이어를 한 명도 만날 수 없다는 게 이상했다.

"누구 없어요?"

소리쳐 봤지만 대답은 없었다. 간헐적으로 멀리서 총소리만 들릴 뿐이었다. 그 총을 쏜 사람이 실제 플레이어인지, 인공지능 NPC인지 구분할 수 없었다. 난 왼팔 어깨 아래에 있는 HUD(Head Up Display)를 호출하는 버튼을 눌렀다. 그러자 눈앞에 경고창이 떴다.

좀 더 생생한 현장을 경험하고 싶으시다면
HUD 호출을 최대한 적게 하시는 편이 좋습니다.
호출하시겠습니까?
➡YES ➡NO

난 시선을 YES 쪽으로 옮겨서 2초간 쳐다보았다. 그러자 상태창이 열렸다. 왼쪽 구석에 현재 내가 있는 위치의 주변을 보여주는 맵이 표시돼 있었고, 현재 임수 수행 중이라는 표시도 깜박였다. 내가 가진 장비를 보여주는 칸이 있었는데, 무기칸을 보니 M4 소총 한 정, 탄약 140발, M9 권총 한 정, 권총 탄약 30발, 모델명이 적혀 있지 않은 수류탄 2개가 있었다. 혹시 무전기 같은 게 없을까 찾아보았지만 그런 것은 없었고, 이전 세대 게임에서 흔히 사용하던 채팅창도 없었다.

'아, 리얼한 것도 좋지만 이건 게임이라고.'

리뷰에서 이런 건 감점 요인이었다. 그리고 피곤했다. 모든 정신과 신체의 에너지를 다 쓴은 느낌이었다. '시스템'이라고 되어 있는 부분을 2초 정도 쳐다보자 여러 가지 메뉴가 나왔고, 그중 '로그아웃'이 있었다. 나는 로그아웃을 2초 정도 쳐다보았다. 그러자 다시 경고창이 떴다.

지금 전장을 떠나시면 그 피해는 전우들에게 돌아갑니다.
그래도 로그아웃하시겠습니까?
➡YES ➡NO

아직 얼굴도 만나 보지 못했지만 전우에게 피해가 간다는 말이 나를 멈칫하게 했다.

'뭐 그래도 이건 게임일 뿐이니까.'

YES를 2초간 쳐다보았다. 아무 일도 일어나지 않았다.

5초가 지났다. 역시 아무 일도 일어나지 않았다.

NO를 2초간 쳐다보았다. 상태창이 사라지고 다시 눈앞에 전장이 나타났다. 아무래도 오류가 있는 듯했다. 다시 상태창을 호출하고 같은 과정을 겨쳐 YES를 쳐다보았다. 이번에는 10초는 족히 흐른 듯했다. 그래도 아무일도 일어나지 않았다.

난 상태창을 닫고 내키지 않지만 강제종료를 하기로 했다. 일단 컨티뉴X의 헤드셋을 벗으려 했다. 그러자 게임 안에서 헬멧을 벗었을 뿐, 컨티뉴X의 헤드셋을 벗지는 못했다. 뭔가 이상하다는 생각이 계속 들었다. 난 분명히 움직이고 있는데, 그건 게임 안에서 일어나는 일뿐 실제 세상의 일을 조절

하지는 못한다는 생각에 순간 몸서리가 쳐졌다.

이번에는 팔을 들어올려 컨트뉴X에서 팔을 빼내 보려 했지만 들고 있던 소총을 땅에 던질 뿐이었다. 답답해진 나는 몸을 벌떡 일으켜 컨티뉴X에서 강제로 빠져나가 보려 했다. 그러자 내가 참호에서 벌떡 뛰쳐나온 꼴이 됐다.

내 발밑에 총알이 떨어지기 시작했다. 흙이 튀어 정강이에 부딪치는 느낌이 났고, 연이어 총격 소리가 들렸다. 혼비백산한 나는 참호로 뛰어들어 벗어던졌던 헬멧을 쓰고 몸을 수그렸다. 죽기 싫다는 본능이 우선한 것이다.

그것보다, 제기랄, 난…… 컨티뉴X에 갇혔다.

2

시간이 지나면 엄마가 어떻게든 꺼내 주겠지.

이럴 줄 알았으면 엄마가 내 방에 들어올 때 방에 함부로 들어오지 말라고 소리치지 말 걸 그랬다. 사실 소리 치고 나서도 바로 후회했지만, 이미 입으로 새나간 소리를 주워담을 수는 없다.

그건 그렇고 이렇게 참호 안에서 시간만 보내고 있어도 되는지 모르겠다. 운영자를 호출하는 방법도 모르겠고, 상태창을 불러내 봤자 알 수 있는 건 없었다. 참호 밖으로 살짝 고개를 내밀어 보았다. 능선 쪽에서 뭔가 움직이는 게 보이는 듯했다. 원래 고지를 점령하는 게 이 게임의 목적이니까 고지를 향해 가야 할까? 아니면 적에게 잡혀서 죽으면 게임이 강제종료 되지 않을까? 이런 저런 생각을 하고 있는데, '혹시나' 하는 두려움이 닥쳐왔다. '이 상태에서 죽으면 어떻게 되는 거지?' 지금 신경망 어쩌고 시스템 때문에 꼼짝도 하지 못하고 있는데, 그 상태에서 죽으면 어떻게 되는 것일지 알 수 없었다. 게임이 끝나면 반드시 매뉴얼을 읽어 볼 생각이다

순간 먼 곳에서 총소리가 들렸다. 두려움과 동시에 희망이 보이는 것도 같았다. 생각해 보면 나를 노리는 총소리가 아닌 소리가 들린다는 것은 다른 사람이 있다는 뜻이다. 가만히 있기보다는 움직이는 편을 택하기로 했다.

참호에서 고개를 숙이고 앞으로 계속 나아갔다. 누구라도 만나면 어떻게 로그아웃하는지 물어볼 생각이다.

상태창을 호출해서 시간을 보니 한 시간가량이 흐른 것으로 나오고 있다. 그런데 실제 시간이 한 시간 흐른 것인지, 게임 속에서 한 시간이 흐른 것인지 감각이 없다. 한 시간이 흐른 것인데 실제로는 10분밖에 안 흐른 것인지도 모르겠다. 내 몸이 어느덧 게임에 완전히 동화된 듯하다. 해도 서쪽으로 조금 기울어졌다. 해가 지기 전에 어서 동료를 찾아야겠

다는 조급함이 일었다.

주변이 조용해서 귀를 기울였다. 이제 총소리는 들리지 않았다. 바람 소리만 들려왔다. 다른 플레이어는 정말 한 명도 없는 것일까? 그렇다면 누구한테 이 게임에서 나가는 방법을 물어봐야 하지?

어? 뭔가 소리가 들리기 시작한다. 발소리인 듯하다. 뒤쪽인가 싶어서 나는 뒤를 돌아보았다. 나를 쫓아 살금살금 다가오는 그림자가 있었다. 적인가, 아군인가. 지금 내 앞에 개와 늑대의 시간이 펼쳐지고 있었다.

순간 그림자가 총을 내 쪽으로 겨눴다. 개가 아니라 늑대다.

탕 하는, 아니 꽝 하는 총소리가 나고 내 옆의 흙이 파였다. 나도 그림자 쪽으로 총을 겨누고 사격을 하기 시작했다. 조준 사격 같은 건 꿈에도 못 꾸고 그냥 손이 가는 대로 방아쇠를 당겼다.

내가 총을 쏘자 그림자가 참호 벽으로 붙었다. 조준되지 않은 총알이 마구 날아다녔다. 무서웠다. 난 맞서 싸우기보다 도망가는 쪽을 택하기로 했다. 조정간을 자동으로 돌리고 적이 있으리라고 예상되는 방향으로 한 탄창을 쏟아 부은 다음, 뒤돌아 달렸다. 적들도 제대로 된 인공지능이라면 내가 언제 총을 쏠 줄 모르기 때문에 바로 쫓아오지 않을 것이다.

그런데…… 내 체력은 게임 안에서도 왜 이 모양일까? 5분도 채 안 달린 것 같은데, 더 이상 달릴 수 없었다. 난 달리려고 하지만 다리가 움직이지 않았다. 한계인가 싶어서 멈춰 쉬려고 하는데 밖에서 참호 안으로 그림자 하나가 뛰어내렸다.

"쥐새끼 같은 놈!"

그 그림자가 나를 보고 내뱉은 말이었다. 나는 있는 힘을 끌어모아 소총을 들고 방아쇠를 당겼다.

그러나 총이 발사되지 않았다. 조금 전 자동으로 한 탄창을 다 비운 다음 도망 가느라 새 탄창으로 갈아 끼우지 않은 것이다.

고개를 드니 한 병사가 내 앞에 서 있었다. 컴퓨터 그래픽이라고 믿기지 않을 정도로 생생한, 사람 그 자체였다. 총을 든 내 손이 벌벌 떨렸다. 위장크림을 발라 얼굴에서 눈만 반짝이는 병사가 증오를 담아 말했다.

"너 하나 잡으려고 얼마나 개고생을 했는지 알아? 그냥 쏴 죽이고 싶지만 소대장님이 네 얼굴이나 한번 보자고 하니 순순히 총 내려놔."

알 수 없는 말이었다. 나에게 소대장이란 사람이 적개심을 품을 이유가 없었다.

난 총을 내려놓고 나도 모르게 떨리는 목소리로 궁금해하던 것을 물어봤다.

"그런데 진짜 사람이에요?"

"무슨 헛소리 하는 거야? 돌아 버린 거 아냐? 사람이지 그럼 뭐 저승사자처럼 보이냐? 소대장님을 만나고 나면 진짜로 저승사자를 보게 될지도 모르지."

병사는 어이없다는 듯 나를 위아래로 쳐다보았다. NPC는 아닌 듯했다. 역할극에 푹 빠져 있는 다른 플레이어인가? 플레이어들이 다들 같은 편은 아닌가 보다. 소대별로 라이벌 구도가 있는지도 모르겠다.

지금까지 플레이해 본 게임 정보를 가지고 나름 분석하려고 노력했다. 어쨌든 이들이 사람이라면 희망이 있었다.

"혹시, 로그아웃 하는 방법 아세요? 아무리 해 봐도……."

"입 닥쳐!"

병사는 나에게 총을 겨누더니 소리쳤다. 그 눈빛이 너무 무서워서 말을 멈춰야 했다. 병사는 무전기를 들었다.

"여기 쥐새끼 생포했다. 추적조는 아까 그 방향으로 계속 전진하도록. 추적조와 합류해서 캠프로 이동하겠다."

병사의 무전기에서 상대편의 목소리가 끊겨서 들렸다.

"조심…… 그쪽으로…… 가 가고……."

"뭐라고?"

퍽, 하고 무엇인가 터지는 소리가 나더니 무전기를 든 병사가 앞으로 고꾸라졌다.

앞쪽으로 피가 번져 나왔고 병사의 뒤통수는 반은 날아간 상태였다.

"어억!"

난 놀라 뒷걸질을 쳤다. 쓰러진 병사 뒤쪽에서 다른 그림자가 나타났다.

"감마 25번 고객님, 총을 들고 일어나세요."

한 여자가 서 있었다. 가벼운 군장에 소음기가 달린 M4 소총을 들고.

내가 머뭇거리자 여자는 내 목덜미를 잡고 일으키면서 소리쳤다.

"여기 이러고 있으면 다 죽어요. 빨리 일어나 달려요!"

난 여자의 말을 듣고 일어났다. 여자는 내가 일어난 것을 보고 참호를 빠져 나가더니 고지 반대쪽, 그러니까 언던 아래쪽을 가리키면서 말했다.

"따라오세요, 감마 25번 고객님."

감마 25번은 오버더힐 게임의 새 아이디다. 중2병스럽지만, 베타테스터 기간이라 내 마음대로 고를 수 없었다.

언덕 아래쪽으로 달리는 건 그나마 수월했다. 달리면서 난 물어봤다.

"그, 그쪽은……."

따다당 하는 총성이 뒤쪽에서 들렸다. 참호 밖으로 나온

두 명이 이쪽을 향해 총을 쏘고 있었다. 아까 날 쫓아온 추격조인 듯하다.

"머리 숙이고 무작정 달려요. 그만이라고 할 때까지."

안 그래도 그럴 작정이었다. 맞서 싸울 이유도 용기도 없으니까.

총소리가 더 이상 안 나도 달리고 또 달렸다. 달리다 보니 인적이 없는 작은 마을이 하나 나왔고, 그녀는 주저 없이 한 2층집으로 달려 들어갔다. 그리고 신발도 벗지 않은 채 2층까지 뛰어올라서는 창문을 살짝 열고 언덕 위쪽을 살폈다. 난 그제야 그녀 옆에 앉을 수 있었다. 사실, 앉았다기보다 무릎에 힘이 풀려서 쓰러졌다고 하는 편이 더 정확했다. 난 아까 하려던 질문을 마저 했다.

"그쪽은 누구에요? 아까 그 사람들은 누구고요?"

여자가 고개를 돌려 이쪽을 봤다. 진한 갈색 눈빛이 날카로웠다.

"저는 감마 25번 님이 그렇게 찾던 운영자라고 하면 맞을까요? 어쨌든 감마 25번 님을 구하러 왔습니다."

3

"왜 안 되죠? 운영자라면서요?"

난 운영자라는 그 여성 캐릭터에게 게임을 종료하든지, 나를 이 오버더힐 세계에서 빼내 달라고 부탁했지만, '불가능'이라는 답변을 받았다. 아니 정확하게 말하면 '정상적'으로는 불가능이다.

"오버더힐은 워낙 상호 호환되는 환경이 많아서 운영자가 할 수 있는 게 그리 많지 않습니다."

운영자는 군인 복장을 하고 있어서 그런지 말투가 딱딱했다.

"그럼, 뭘 어떻게 하려고 저를 데리러 온 거라고 한 거예요?"

"방법이 있으니까요. 오버더힐을 '정상적'으로 끝내면 감마 25번 고객님은 원래 자리로 돌아갈 수 있을 겁니다. 이미 아시고 접속하셨겠지만, 오버더힐은 고지를 점령하면 끝나는 게임입니다. 그러면 시스템이 자동으로 게임 오버 명령을 내리고 이 세계는 현재의 데이터만 취합한 채 리셋됩니다."

원래의 자리라……. 엄마에게 눈총을 받고 있는 취준생이 나은지, NPC가 총을 겨누고 있는 이곳이 나은지를 잠시 견줘 봤지만, 역시 눈총이 조금 더 낫지 않을까 생각했다.

그런 헛 생각을 하는 동안에도 운영자는 창문을 통해 계속 밖을 감시했다. 그러더니 내 생각을 읽었는지 묻지도 않은 것을 설명해 주었다.

"혹시나 해서 살펴보는 겁니다. 고객에게 이런 말을 해 주는 게 맞는지 모르겠지만 원래 이곳은 플레이어들이 정비하는 마을이라는 설정이라 점령군 쪽에서는 못 내려오게 돼 있는데 지금 오류 상황이라서 추격조가 이곳까지 쫓아올지도 몰라요."

운영자의 얼굴에서 긴장감이 그대로 느껴졌다. 두 가지 생각이 동시에 들었다. 긴장감까지 느껴질 만큼 디테일하게 만들어진 게임이구나, 하는 흔한 게이머의 평가 하나와 왜 이렇게까지 긴장하지? 하는 순수한 궁금증이 다른 하나였다.

순수한 궁금증이 파생시킨 두 가지 질문이 있었다.

"혹시…… 오버더힐에서 죽으면 어떻게 되나요?"

운영자는 잠시 창에서 고개를 돌려 나를 봤다.

"미안한데, 저는…… 아니 우리는 아직 모릅니다. 오버더힐이 기본적으로 뇌의 신경망을 속이는 시스템이라, 죽으면 뇌가 진짜로 죽은 걸로 속아서 기능을 정지하거나, 그 충격을 몸으로 전달하지 않으려고 신경망을 멈추거나……. 쉽게 말해서 식물인간이 될 가능성이 높다고 예상됩니다. 물론 이 사건이 일어난 계기는 전반적으로 컨티뉴X와 오버더힐 개발사에 있으므로 적법한 절차에 의해 책임을 질……."

"그만!"

나는 운영자의 말을 막았다. 아마도 운영자에게는 고객에게 충분히 설명해야 할 의무가 있을 것이다. 그러나 이게 설명을 듣는다고 '아하, 그렇구나' 하면서 이해해 줄 상황인가?

난 머리를 감싸쥐었다. 정확하게는 머리를 감싸쥐었다고 내 뇌가 속고 있는 것이겠지. 그렇다면 난 이 상황과 연결된 또 하나의 중요한 질문을 해야 한다.

"아까 총에 맞은 사람들, 정말 사람이었나요?"

만약 진짜 사람이라면 그들도 지금 뇌가 정지됐을까? 난 진짜로 사람을 죽이려던 것일까?

"아니요. 그들은 NPC입니다."

"그렇지만 아까 그 사람……이 분명 자기가 사람이라고 말했는데요."

"그건, 그들이 그렇게 알고 있으니까요. 그렇게 알라고 프로그램돼 있고, 그렇게 행동하는 것이니까요. 오버더힐에 에러가 발생했을 때 플레이어들은 모두 접속이 끊어졌어요. 감마 25번 님만 빼고요. 확인 결과 접속이 끊어졌던 사람들은 모두 무사합니다."

다행이다. 정말 다행이었다. '사람'을 헤친 것이 아니었다니, 이 상황 속에서도 안도감이 밀려 왔다.

운영자는 내가 안심하는 것을 알았는지 창밖을 한 번 더 살피더니 말을 이었다.

"그리고 에러가 발생했을 때, 일반적인 알고리즘에 따라 행동하는 NPC들도 삭제됐어요. 그건 다행이죠. 안 그랬으면 저 언덕에 점령군이 우글댔을 테니까요. 그런데 양자서버에 연결된 NPC들은 그대로 남았죠."

"양자서버요?"

"처음 게임을 만들면서 난이도를 어떻게 설정하느냐가 고민이었다고 해요. 아무리 알고리즘을 잘 짜도 '진짜' 사람과 전투하면서 일어나는 의외의 상황에 점령군이 잘 대처하지 못했어요. 지금까지 인류 사이에서 일어난 고지전 데이터를 다 입력한 머신 러닝 시스템도 수많은 개인의 임기응변을 당해 내지 못했죠. 인간은 생각지도 못한 판단을 내리는데, 테스터들을 대상으로 설문조사를 해 봐도 그런 판단을 한 이유를 본인도 잘 모를 때가 많았어요. 아마도 이기심, 이타심, 그날의 컨디션, 하다 못해 아침밥을 먹었는지까지 결정에 영향을 미쳤겠죠."

충분히 가능한 일이다. 나만 해도 컨티뉴X에 당첨됐다고 들뜨지만 않았어도, 오버더힐이 아닌 다른 게임에 접속했을지도 모르는 일이었다.

그녀는 다시 나를 돌아보고 말했다.

"그래서 생각해낸 게 양자컴퓨터였어요. 양자컴퓨에게 일부 NPC의 인공지능을 맡기는 거죠. 양자컴퓨터의 큰 특징 중 하나가 확률로 움직인다는 것이에요. 확률의 세계에서 백

퍼센트는 없어요. 영점영영영영일의 확률도 일어날 수 있죠."

"그러니까……."

운영자는 고개를 한번 끄덕이더니 말했다.

"네, 맞아요. 인간 같죠. 대부분 합리적인 결정을 내리지만, 간혹 어디로 튈지 알 수 없는 그런 인간 말이에요. 저 위에는 인간처럼 결정하는 NPC들이 지키고 있는 거죠."

거기까지 말하고 운영자는 다시 창문으로 시선을 돌렸다. 그 옆모습이 쓸쓸해 보였다.

내 상황이 이 모양이었지만, 난 저 운영자에게 한없는 고마움을 느꼈다. 운영자의 말이 모두 사실이라면 운영자 본인도 목숨을 걸고 이 작업에 뛰어든 것이다. '나를 구하려고.'

난 나를 위해 이곳까지 온 운영자가 고마웠다. 짧은 시간이었지만 개인적인 정이 생기려 했다. 그래서 '고객'이라는 사무적인 호칭으로 불리기 싫었다.

"저…… 운영자님. 부탁이 하나 있는데, 저를 그냥 이름으로 불러 주시면 안 돼요?"

"안 됩니다. 고객님과 사적인 관계를 유지하는 건 금지돼 있습니다."

깐깐하기는.

"그런데 말이죠, 운영자님은 이 전쟁터에서 저를 구하러 오신 거잖아요. 계속 감마 25번 님이라고 부르면 제가 이 상황을 단순한 게임이라고 착각해서 소홀히 행동할 수 있을 '확률'이 높아지는 것 같은데요. 이름을 불러주면 제가 조금 더 적극적으로 움직일 것 같아요. 그게 운영자님의 목적과 부합하잖아요."

운영자는 고개를 돌려 나를 위아래로 훑어보았다. 아바타를 보는 것뿐이지 진짜 내 실체를 보는 건 아니겠지만, 갑자기 초라해진 느낌이었다. 그래도 시도할 만한 가치가 있었다. 내가 알기로 오버더힐은 '익명 속의 진실'이라는 개념을 차용하고 있다. 그래서 캐릭터는 실체를 정확하게 드러내지는 않지만, 자아를 표현하도록 돼 있다. 그중에 마음대로 바꿀 수 없는 것이 성별이다.

즉, 운영자는 '여자'다.

'꼭 나를 이끌어주는 여자라서 이렇게 관심을 보이는 건 아니다. 전우 간에 사랑을 느끼면 생존하는 확률이 높아진다고 하지 않던가. 그래서 스파르타에서는 전사 간의 동성애를 권장했다는 이야기도 있으니까, 난 내 생존력을 높이려고 운영자에 관심을 갖는 것뿐이다'라고 자기합리화를 하는데 운영자가 입을 열었다.

"알겠습니다, 수인 님. 그게 편하시면 그렇게 하죠."

아마도 운영자에게는 내 개인 데이터가 있었겠지. 그러

니까 내가 이름을 말하지 않아도 내 이름을 알고 있는 것이리라.

이렇게 된 바에 한 걸음 더 나아가 보기로 했다. '정말로 생존을 위해.'

"수인 님보다 수인 씨라고 불러 주는 게 더 좋을 것 같고요, 혹시 운영자님의 이름도 알 수 있을까요? 그래야 더 친근감이 들고, 그래야 더 생존율이……."

"쉿!"

운영자가 자리에 앉으라고 손짓하며 창밖을 내다 보았다. 순식간에 주변 공기가 무거워지는 느낌이었다.

"내려 왔어."

운영자가 혼잣말인 듯 창밖에 시선을 고정한 채 속삭였다.

"뭐가요?"

나도 속삭이듯 말했다.

"점령군 중 추적조가 내려왔어요."

"이곳까지 못 내려오게 돼 있다면서요."

"원래는 그렇죠. 근데 저들 양자 NPC에게 '원래'는 없어요. 스스로 판단한 것이죠. 우려하던 일이 벌어졌어요."

운영자는 그렇게 말하며 소총의 조정간을 연사로 옮겼다.

4

우리는 조용히 기다리기로 했다.

“조종간 자동으로 놓고, 탄창 가득 채워요. 그리고 우리 문 앞에서 소리가 나면 확인이고 뭐고 할 것 없이 방아쇠를 당겨요. 한 탄창을 다 비우고 나면 저 창문 밖으로 뛰어나가는 거예요.”

“창문으로 뛰어내리라고요?”

물론 난 그렇게 질문했다. 정상적인 인간의 아주 정상적인 질문이었다.

운영자는 친절하게도 우리의 상황과 작전을 잘 설명해 주었다. 일단 우리의 첫 번째 장점은 적을 먼저 보았다는 것이다. 그래서 숨어서 적을 기다릴 수 있었다. 두 번째 장점은 적의 의도를 어느 정도 알았다는 것이다. 적들은 추격조를 보내서 수색하고 있다. 섬멸전을 펼치려고 했다면, 포격으로 집들을 날리기 시작했을 것이라고 운영자는 추측했다. 결국 우리가 숨어 있는 방까지 와서 확인하려 할 것이고, 그때 우리의 모든 화력을 집중한다는 것이 작전이었다.

그 다음부터가 운영자의 장점이 드러나는 부분이다. 이 방의 문은 나무 재질로 돼 있는데, 게임 시스템상 M4 소총은 나무문을 관통한다고 했다. 그래서 이 앞에서 소리가 들리면 무조건 쏘라는 것이다.

그리고 운영자는 오버더힐이 정말 리얼해 보이지만, 피해에 대한 판정 시스템은 결국 히트포인트, 즉 HP 시스템이라는 것이다. 창문에서 뛰어내렸을 때, 대략 50퍼센트의 HP가 감소하게 될 것이니까 그렇게 도망 갔다가 아이템을 찾아 HP만 회복하면 된다고 했다.

안심이 됐다. 괜히 운영자를 보낸 것이 아니었다.

아니 취소한다. 안심이 되지는 않았다. 방아쇠 위에 올린 손가락이 축축해지는 느낌이었다. 손을 내려다 보니 땀이 흐르지는 않았다. 혹시 내 진짜 몸에서 땀이 흐르고 있을지도 모르겠다.

순간 운영자가 입술에 손가락을 가져다 댔다. 나에게는 아무 소리도 들리지 않는데, 뭔가 들은 모양이다.

그리고 손가락 세 개를 펴서 내게 신호를 보냈다. 그게 무슨 의미인지는 곧 알았다. 조금 있다가 손가락은 두 개로 바뀌었으니까. 그리고 하나.

내 귀에도 뭔가 소리가 들리는 듯하던 그 순간 옆에서 천둥이 치는 소리가 들렸다. 그리고 나도 반사적으로 문을 향해 방아쇠를 당겼다. 문에서 파편이 튀고 반대편이 언뜻 보이는 듯도 했다. 30발이 들어 있는 탄창이 비워지는 것은 순식간이었다.

"뛰어!"

잠시 머뭇거리는 나에게 운영자가 소리를 질렀다. 역시 급할 때는 존댓말이 나오지 않는 법이다.

운영자가 먼저 창문으로 뛰어내렸고, 내가 뒤를 따랐다. 순간 숨이 턱 막혔다. 그리고 정신은 현실과 비현실 사이의 공간을 오갔다. 나는 비현실에 있지만 고통은 현실이었다. 망할 운영자. 고통은 진짜라고 왜 말해주지 않았을까? 안 뛰어내릴까 봐?

내가 바닥을 뒹굴고 있는데 누군가 목덜미를 잡아 일으키더니 소리쳤다.

"뛰어! 충분히 움직일 수 있어!"

물론 운영자다. 난 겨우 눈을 뜨고 운영자의 손에 이끌려 달렸다. 다행히 달릴 수 있었다. 어디가 부러지거나 하지는 않는 모양이다.

운영자는 될 수 있는 대로 멀리 달아나야 한다고 했다. '몸'도 아프고, 정신도 없고, 이제 숨까지 차기 시작했다. 마을의 반대편까지 달리고 나서야 1층에 세탁소가 있는 2층 건물로 들어갈 수 있었다.

난 세탁소 바닥에 널브러져서 숨을 몰아쉬었다. 그 와중에도 운영자는 문밖을 주시했다. 분명 그녀도 아플 텐데.

약 5분 정도가 흐르자 안심이 되었는지 운영자는 2층으로 올라갔다. 나도 따라가려 했으나 다리에 힘이 풀려 주저 앉았다. 살짝 걱정되려고 할 무렵 운영자가 손에 뭔가를 들고 내려왔다. 우유팩처럼 생긴 것이었다.

"마셔요."

운영자는 '그것'을 앞으로 내밀었다. 뭔가를 먹을 기분이 아니어서 난 손사래쳤다. 하지만 운영자는 그것을 더 앞으로 내밀었다.

"마셔요, 살려면."

난 마지못해 우유처럼 생겼지만 우유는 아닌 그것을 들고 마셨다. 뭔가 마시는 느낌은 났지만 아무 맛이 나지 않았다. 아무래도 오버더힐은 일관성을 좀 갖춰야 할 것 같다. 어떤 부분은 깜짝 놀랄 만큼 리얼하지만 어떤 부분은 너무 성의가 없다. 이것의 맛도 그렇다.

"정말 아무 맛이 없네."

내가 중얼거렸다.

"맛은, 필요가 없으니까요."

운영자도 그것을 마시며 말했다.

"맛이 왜 필요가 없어요. 게임에서 맛이 난다고 하면 정말 좋아하는 사람이 많을 거예요. 이 게임은 시각적, 촉각적으로는 정말 리얼하지만, 인간적인 느낌이 없어요. 먹고, 마시고, 같이 눈물도 흘리고, 땀도 나고 그래야 '전우애'가 생길 텐데 말이에요. 이 상황이 끝나면 회사에 건의 좀 해 봐요."

난 갑자기 게임 평론가라도 된 양 들떠서 말했다.

"꼭 같이 먹고 마셔야만 애정이 생기나요? 그 전우애 말이에요."

몰라서 묻는 말인가? 그래, 운영자는 '진짜' 군대를 경험해 보지 못했을 테니…….

"중요하죠."

난 그것을 마저 비우고 말했다. 아마도 내 HP는 회복됐을 것이다. 난 이 기분을 느끼고 싶어서 상태창을 띄우지 않았다. 어느덧 해가 언덕 너머로 넘어가고 있었다. 운영자는 말없이 그 해를 바라보다가 말했다.

"저 해가 언덕을 완전히 넘어가서, 주변이 어두워지면 그때 움직이기 시작할 겁니다."

"이렇게 바로요? 좀 쉬어야 하지 않을까요? 피곤해 죽겠는데."

난 노곤해진 몸을 달래려고 말했다.

"HP는 충분히 회복됐어요. 움직여도 충분해요."

"시스템이 아니라 내 진짜 몸이 아파하고 있을 거라고요. 내 진짜 몸은 음식도 못 먹고, 잠도 못자고, 뇌는 속아서 통증을 느꼈을 거잖아요. 그러니까 휴식이 필요하다고요."

"거기까지는 내 관할이 아닙니다만, 아마도 회사에서 의료진을 보내서 수인 씨를 보살피고 있을 거예요. 그러니까 몸 생각 그만하고 움직여요. 진짜 몸은 나가서 챙기고 지금은 빨리 빠져나갈 생각만 해요."

운영자는 무표정한 얼굴로 말했다. 운영자도 결국 직장인이니까 빨리 퇴근하고 싶겠지. '필사의 퇴근.' 내가 나가서 이 이야기를 글로 쓴다면 제목으로 사용해야겠다.

해는 이제 사라졌다. 순식간에 어둠이 마을에 내려 앉았고, 주위에서는 아무 소리도 들리지 않는다. 점령군 쪽의 움직임도 없었다.

운영자와 나는 '확인 작업'을 먼저 하기로 했다. 아까 내려온 추격조가 정말로 죽었는지 확인해야 한다고 했다. 만약 살아서 마을을 수색하고 있다면, 위험한 상황이었다. 마을에는 '우리' 발소리만 울렸다. 언덕 위쪽에서는 조명이 빛나고 있었다. 굳이 자신들의 위치를 숨길 필요가 없는 당당함이었다. 그 희미한 조명 덕분에 우리도 따로 플래시를 켜지 않고 이동할 수 있었다.

우리가 처음 몸을 숨겼던 바로 그 집이 나왔다. 몸을 던졌던 창문 안쪽이 어둠에 싸여 있었다. 집 안으로 들어가서야 운영자는 고글을 끼고 검은색 플래시를 켰다. 적외선 플래시일 것이다. 혹시나 하고 나도 내 군장을 더듬어봤지만 고글 같은 건 없었다. '치사하게…….'

난 운영자 뒤만 쫓아서 2층으로 가는 계단을 조심스럽게 올라갔다. 운영자의 작은 한숨 소리가 들렸다.

"왜 없어요?"

난 긴장해서 물어봤다.

"아니요. 여기 다 있네요. '죽은 상태로'라고 해야겠죠?"

이 안에서 죽음은 뭐라고 불러야 할까? 멈춤?

나는 아무것도 보이지 않았다. 눈 앞에는 어둠만이 가득했다.

"고글 잠깐 빌려도 될까요?"

확인하고 싶었던 건 아마도 단순한 호기심 때문이었을 것이다. 일반적인 게임처럼 아이템이라도 떨어져 있지 않을까, 하고 생각했던 것도 사실이다. 내 머릿속은 현실처럼 느끼는 감정과 게임처럼 생각하고픈 바람이 왔다 갔다 하고 있었다.

운영자는 나에게 고글을 내밀었다. 운영자가 어떤 마음으로 나에게 건네주었는지는 알 수 없었다.

고글을 착용한 순간 바닥에 널브러져 있는 '그것'들은 참혹했다. 아이템 같은 것도 없었고, 죽음만이 가득했다. 총알이 휩쓸어 버린 내장이 바닥에 흘러 있었고, 얼굴은 짓뭉개져서 눈알이 입 근처에 있었다. 고글에 비친 화면은 다행히 색이 없어서 그나마 상황과 거리감을 둘 수 있었을 뿐. 난 그것이 인간이 아니기를 바랐기에 차마 시체라고 부를 수 없었다.

내 반응을 눈치챘는지, 운영자가 조용히 말했다.

"원래 오버더힐은 군용 시뮬레이션 프로그램이었거든요. 병사들이 죽음을 실제처럼 느끼게 하려는 장치가 많이 있었어요. 그래야 더 집중할 테니까요. 아주 간혹 시뮬레이션 후에 외상후스트레스장애를 겪는 사람들이 나올 정도였죠. 그런데 어차피 그것도 계산에 둔 거였어요. 시뮬레이션에 외상후스트레스장애를 겪는다면 군인으로서의 자질은 많이 떨어지는 것이니까요."

그제야 난 조금 이해가 갔다. 어느 부분은 리얼하다가 어느 부분은 전혀 리얼하지 않은 이 시스템이.

"운영자님은 그때부터도 오버더힐에 관여했었나요?"

운영자는 잠시 동안 말이 없었다. 뭔가 생각하는 듯 아래만 내려다 보았다. 그러더니 아주 조용한 목소리로 말했다.

"일부분은요."

그러고는 말을 이었다.

"고글 이리 주세요. 이제 제 '작전'대로 하려면 이 마을에서 중요한, 그리고 반드시 있어야 하는 '아이템'을 찾아야 해요."

5

"아이디는 오브이원이에요. 데이터를 보면 분명 마을 아이템 중에 그 아이디가 있었어요. 위치까지는 정확히 모르지만."

운영자는 마을을 수색하고 다녔고 나는 그냥 쫓아 다녔다. 다행히 점령군 쪽은 잠잠했다. 그들이 인간처럼 생각했다면 이미 이쪽은 단 두 명뿐이고, 결국 언덕 위로 올라올 수밖에 없다는 것을 '알고' 있을 것이다.

여덟 번째 집은 마당이 있는 작은 단독주택이었다. 마당에는 천막에 뒤덮인 뭔가가 있었다. 여기도 NPC가 있었을까? 집은 비어 있었다.

"여기 있네요."

운영자가 말하더니 천막을 거두었다. 그 안에는……. 이걸 뭐라고 불러야 할까? 그냥 '고물'이라고 부를 수밖에 없는, 2차 대전과 관련한 흑백사진에서나 볼 만한, 정말 오래되고 낡은 군용 지프가 한 대 서 있었다.

"이게 오브이원이에요?"

"올드 비히클 원. 이 마을에 있는 유일한 탈 것이죠. 저 위에 있는 참호전에 영향을 안 줘야 하니까 탱크 같은 걸 이곳에 둘 수는 없었죠. 그리고 지프가 여기 있다면 이 안쪽에는……."

거기까지 말하고 그녀는 지프 뒤쪽에 있는 창고 문을 열었다.

그곳에는 역시 '고물'이라고 불러도 될 정도의 거대한 기관총이 있었다. 어디선가 많이 본 듯한 그런 것이었다.

"이런 게 왜 여기 있는 거죠?"

"원래 이 집에 사는 NPC가 2차 세계대전 오타쿠라는 설정이었어요. 이 OV1은 미군이 운용하던 윌리스지프를 모델로 만든 것이고, 이 기관총도 역시 2차 세계대전 때 사용한 M2 브라우닝을 모델로 만든 것이에요. 일종의 이스터에그로 만든 것인데, 개발자들도 진짜로 사용하게 될 줄은 몰랐을 거예요. 뭐 그래도 총알도 다 있으니까."

그 순간 나는 깨달았다. 내 이상형이 무엇인지를.

2차 세계대전이나 M2 브라우닝 혹은 이스터에그라는 단어를 말하는 여성이 내 이상형이었다. 물론 운영자가 결혼했는지, 남자 친구가 있는지 아니면 나이가 몇 살인지도 모른다. 당연히 외모도 모른다. 그래도 확실한 것은 나를 구하러 와 주었고, 나를 구해주고 있으며, 2차 세계대전, M2 브라우닝, 이스터에그 같은 단어를 말하고 있다는 것이다.

내가 멍하니 바라보자 운영자는 말을 멈추고 역시 나를 바라보았다.

"왜 그러시죠?"

"저…… 혹시 나이가 어떻게 되시죠? 별로 실례가 안 된다면 그냥 말 놓으세요. 뭐, 다른 이유가 있어서 그런 거는 아니고요. 아까 그 집에서 도망칠 때 반말로 짧게 말하니까 알아듣기가 더 쉽더라고요. 그러니까 말을 놓으면 제 '생존' 확률이 더 높아지지 않을까요?"

반말은 사람을 더 가깝게 만든다고 나는 믿는다. 거기에 더해 운영자의 개인정보를 조금 알 수 있으면 좋겠다는 기대도 했다. 운영자는 조금 생각하는 눈치더니 입을 열었다.

"정책상 개인정보를 알려드릴 수 없고, 또 고객에게 하대할 수도 없습니다."

"개인정보는 그렇다고 치고, 고객이 요청해도 말을 놓을 수 없어요? 그래야 생존확률이 높아진다고 해도요?"

운영자는 또다시 생각해 보는 눈치였다. 아니면 상태창을 열어서 허락이라도 받고 있나? 외부와 연결이 안 된다고 한 것 같은데…….

"일단 제가 이 '작업'에 투입된 이유가 고객님을 로그아웃시켜드리는 것이니, 그 작업에 도움이 된다면 일단 말을 놓겠습니다. 만약 도움이 된다면 고객님도 말을 놓으셔도 됩니다."

"어…… 그, 아니 저는 상황 봐서 그렇게 할게요. 일단 먼저 말을 놓으시죠."

"그래. 그렇게 할게. 이 문제는 여기서 결론 짓고, 이제 빨리 저 언덕을 점령하는 데 집중해야 해."

결정하고 나니 바로 말을 놓기 시작했다. 기분 나쁘지 않았다. 어쩌면 나는 누군가가 이렇게 나를 확 이끌어주기를 바라고 있었는지도 모르겠다.

그녀의 작전은 단순했다. 어쩌면 단순하기 때문에 아무도 생각하지 못하는 방법이었고, 운영자이기 때문에 세울 수 있는 작전이었다.

운영자처럼 이 게임 시스템을 모두 아는 사람이 아니라면, 누가 전투 중에 민가로 내려가서 군용 지프와 거기에 거치할 수 있는 M2 브라우닝을 찾을 수 있을까?

작전, 아니 전술은 언덕 위까지 이어져 있는 계곡을 따라 지프를 타고 단숨에 올라가는 것이다. 오버더힐의 컨셉은 기본적으로 참호전이다. 고지 위의 점령군도 참호를 파고 몸을 숨기고 있고, 아래쪽 공격 측, 즉 유저들도 참호를 파고 조금씩 점령하며 올라간다. 그런데 참호를 팔 수 없는 지역이 있다. 바로 계곡 근처다. 그곳에 참호를 팠다가 물이 흘러들어오면 더는 참호로 기능하지 못하기 때문이다. 대신 계곡 근처는 시야가 확 트여 있어 그곳으로 이동하다가는 금방 들키고 만다는 전술상 단점이 있다.

그런데 지금은 양쪽 다 군사의 수가 부족하다. 위쪽 점령군 쪽은 몇 명이 남았는지 모르겠으나 시스템 에러가 발생했을 때 알고리즘으로 움직이는 NPC가 모두 사라졌으니 원래 설정보다 그 수가 확실히 적을 것이다. 그러니 계곡 전체를 감시하지는 못한다. 우리는 그 작은 빈틈을 파고들기로 했다.

적들이 눈치채더라도 빨리 대응하지 못하도록, 최대한 빨리 지프를 타고 언덕 끝까지 올라간다. 낡았지만 윌리스지프라면 해 줄 것이다. 2차 세계대전부터 사용하던 이 지프가 오죽 튼튼하면 1990년대까지 우리나라의 군대에서 현역으로 뛰었을까. 그렇게 믿어야 한다.

강행돌파!

오래간만에 가슴이 뛰었다. 그동안 계속 마음 조리며 겨우겨우 살아갈 궁리만 했었는데, 이제 희망이 보이는 듯하다.

그런데 한 가지 커다란 문제가 있었다.

"운전은 수인 씨가 해야 해."

말도 놓았고, 호칭은 수인 씨로 통일하기로 했다. 더 친근해진 느낌이다. 난 아직 '운영자님'이라고 부르지만. 그게 문제가 아니다. 난 운전면허증을 3등급 자율운행 가능 차량에 한해서 받았다. '거의' 전부 차량이 알아서 운행하고, 몇몇 특수한 경우에만 내가 운전대를 잡고 브레이크에 발을 올리는 것만으로 내 임무가 끝나는 운전면허란 말이다.

그런데 이 윌리스지프는 무려 말로만 듣던, 클러치 패달까지 달려 있는 수동조작 자동차다. 레이싱 게임에서 이런 종류의 차량을 보긴 했지만, 그건 게임패드로 조작하는 것이었고, 당연히 '클러치' 같은 건 없었다.

"운영자님이 하시죠? 제가 뒤에서 M2를 잡고 있는 게 나을 것 같은데요."

"안 돼. 난 운전 방법을 글로만 보았지, 실제 운전대를 잡아본 적이 없어. 그리고 더 중요한 건 뒷자리보다 운전석이 안전해. 적의 사격에 덜 노출될 거야. 지금은 수인 씨의 안전이 최우선이니까."

"운영자님의 안전은요?"

"내가 운전하면 우리 모두의 안전이 위험해질걸?"

어쩔 수 없었다. 운전 방법은 운영자가 말해 주었고, 실제 운전은 내가 하기로 했다. 수동 기어에 계곡을 따라 올라가는 오프로드 운전이라니…….

클러치를 밟고, 기어를 중립에 놓고, 시동을 켜고, 엑셀을 밟다가, 엑셀에서 발을 떼고, 기어를 1단으로 넣고, 클러치에서 발을 뗌과 동시에 엑셀을 살짝 밟는다. 그리고 차에서 푸르렁 하는 이상한 소리가 나면서 시동이 꺼진다.

이 과정을 몇 번을 거쳤는지 모른다. 운영자는 차가운 눈빛으로 내 뒤통수를 쏘아보고 있을 것이다. 아마도 내가 고객만 아니었다면 답답한 마음에 뒤통수를 후려쳤을지도 모르겠다.

"천천히, 마음을 조급하게 먹지 말고. 지금은 '빠르게'보다 '확실하게'가 중요하니까."

그럼에도 이렇게 말해 주는 운영자는 천사임을 확신한다. 엄마도 나를 이렇게 잘 대해 주지는 않을 것이다. 여기서 나가기만 하면 이 운영자의 정체를 알아내서 데이트 신청을 하고 싶다. '이미 결혼만 하지 않았다면!'

이곳 시간으로 세 시간 정도가 흐른 뒤에야 난 차를 조금 앞으로 몰 수 있게 되었다. 이 운전 기술이 이곳을 벗어난 다음에도 쓸모 있을지는 모르지만, 무엇인가 성취한 느낌이다.

"이제 드디어 언덕 너머로 가는 건가요?"

내가 게임 제목을 빗대 농담을 하자 뒷자리에 거치된 M2 브라우닝의 손잡이를 잡고 운영자는 고개를 끄덕였다.

언덕 너머에서 무슨 일이 벌어질지는 모른다. 그냥 아무에게도 방해받지 않고 고지를 점령해서 그대로 게임이 종료될지. 아니면……. 거기까지는 생각하지 말자. 그냥 게임일 뿐이다. 아마도 그냥 운영상 문제가 있었다며 게임 아이템을 보상해 주는 수준으로 끝날 것이다. 사람이 죽고 사는 문제일 리가 없다.

이렇게 생각하지 않으면 난 앞으로 나아갈 수가 없다.

기어를 바꾸는 손잡이를 잡고 있는 내 손 위로 다른 손 하나가 겹쳐진다. 어느새 운영자가 가까이 다가와 있었다. 갈등하고 있는 내 마음을 읽었나 보다. 온기를 느끼는 시스템이 이 게임에 있었던가? 아무튼 운영자의 손은 따뜻했다.

난 클러치에서 발을 떼고 엑셀레이터를 밟았다. 지프는 거친 소리를 내며 앞으로 나아갔다.

6

"으아아악!"

비명이 터져 나왔다. 내 눈앞으로 총알이 날아간 기분이다.

역시 계곡을 따라 차를 모는 건 쉬운 일이 아니었다. 지프로 오를 수 없는 바위가 나오면 옆으로 돌아가야 했고, 간혹 전복되는 건 아닌가 싶을 정도로 위험한 순간도 있었다. 물론 그 사이에 몇 번 시동을 꺼트렸고, 운영자의 격려를 받으며 다시 시동을 걸었다.

그러니 속도는 생각보다 느렸다. 요란한 엔진음은 적들에게 '나 지금 이곳을 지나가고 있소' 하고 알리는 꼴이었다. 언제인가가 문제일 뿐, 반드시 적들은 다가올 것이었다. 그리고 얼마 전부터 수풀 쪽에서 총알이 날아오기 시작했고, 내 뒤에서 M2 브라우닝이 불을 뿜었다. 조금 과장해서 내 손바닥만 한 총알을 사용하는 M2 브라우닝은 그 크기만큼 소리도 요란했다. 탕탕탕이 아니라 꽝꽝꽝이라고 표현하는 게 맞을 것이다.

"멈추지 마! 안 멈추는 게 중요해."

총격 사이로 운영자는 소리쳤다.

난 무서워서 고개도 들지 못하면서 어떻게든 앞으로 나아가려 노력했다. 나도 적들이 어디에 있는지 제대로 보지 못하지만, M2 브라우닝의 위력 때문인지 적들도 나를 제대로 보지 못하는 게 틀림없다. 아직 이 차량도 제대로 맞히지 못하는 것을 보면, 수풀 사이에서 나처럼 고개를 처박고 대충 사격하고 있는 것이리라. 이로써 확실한 사실을 알 수 있었다. 저들도 무서워하고 있다. 인간이 아니지만 인간처럼 행동하는 저들이 죽음을 알까마는, 두려운 듯이 행동하고 있었다. 그것이 우리에게는 다행이었다.

계곡이 거의 끝나갈 무렵, 왼쪽으로 꺾어서 그대로 직진하면 고지가 나오고 그곳을 점령하는 순간 게임 오버다. 희망이 보이기 시작했다. 차량으로 강행돌파한다는 계획은 거의 들어맞기 일보 직전이었다. 운영자는 적들이 있을 만한 곳으로 계속 총알을 퍼부었다.

"거의 다 왔어요!"

내가 소리쳤다. 조금만 힘을 더 내면 된다.

그리고 계곡을 벗어날 시점이 돼서 왼쪽으로 방향을 꺾는 순간 폭음과 함께 차량 앞쪽이 훽하고 들렸다. 그리고 아래가 위가 되고 위가 아래가 되었다. 어딘가 아픈지도 모를 고통이 몸을 한번 훑고 지나가고 나자 거친 손길이 나를 이끌었다. 이 정도 사고가 나면 기절할 법도 한데, 이 시스템에 기절은 없나 보다.

"지뢰야. 이쪽으로 올 걸 알고 있었던 거야!"

운영자가 지프 밖으로 나를 끌어당기면서 소리쳤다.

"이제 몰려오기 시작할 거야. 시간이 없어. 빨리 HP 확인하고 달려!"

언뜻 보기에 운영자도 많은 상처를 입었다. 안전벨트도 없이 지프 뒤에 서 있다가 굴렀으니 죽지 않는 게 이상하다. 그게 실제 상처는 아니더라도 고통은 충분히 전달됐을 것이다.

오래간만에 상태창을 호출해 HP를 확인해 보았다. 40퍼센트가 남았다. 사고 치고는 그리 많이 떨어지지 않았지만, 이것이 생명이라고 생각하니 100퍼센트에서 40퍼센트를 뺀 만큼 불안했다.

운영자의 손에 끌려 억지로 다리를 움직였다. 뒤쪽에서 추적하는 적들의 머리가 언뜻 보이기 시작했다. 운영자는 뒤로 돌아서 사격하기 시작했다.

"빨리 달려. 이제 방법이 없어. 그냥 앞만 보고 달려!"

"같이 가야죠!"

"일단 조금만 지연시키고 쫓아갈 테니까 날 믿고 그냥 달려, 제발! 늦기 전에 게임만 클리어하면 될 거야. 무조건 성공해야 해."

운영자의 눈은 결연했다. 미안했지만, 그 방법밖에 없다면 그렇게 해야 한다.

눈물이 흐르지 않았다. 이 망할 게임은 피 같은 건 그렇게 실감 나게 구현해 놓고, 인간적인 액체는 하나도 구현하지 않았다. 눈물과 땀. 우리의 감정과 노력. 그런 것들 말이다.

"내가 무사히 도착해서 게임이 끝나면 정말 마지막일지 모르니까, 이름만 알려 줘요. 여기서 나가면 '고객의 목소리'에 올릴 게요. 평점도 좋게 받고, 승진도 하고, 또……."

꼭 찾아가겠다는 말은 하지 못했다. 그러면 또 규정을 들어서 이름도 말해 주지 않을 게 뻔했다.

'반드시 찾아갈게요.'

난 속으로 그렇게 다짐했다.

운영자는 아래 쪽을 향해 M4를 두어 번 쏘더니 말했다.

"진영이야. 거기까지만 말할게. 이럴 시간 없어 빨리 가서 이 게임을 끝내. 그리고 메고 있는 소총과 실탄도 여기 내려 놓고 가. 아마 사용할 일 없을 테니까 몸을 가볍게 하고 달려."

"알았어요. 그러면 진영 씨도 이 잔업 끝내고 즐겁게 퇴근하시길 바랄게요."

진영 씨의 입가에 살짝 미소가 머문 것을 보고 나서 난 소총과 군장을 모두 벗고 달리기 시작했다. 뒤에서 총 소리가 간간히 들렸다.

저질 체력. 숨이 턱까지 차오른다는 표현이 거짓이 아니란 것을 알았다. 겨우 몇 미터 앞에 있는 것처럼 보이는 막사가 아무리 달려도 가까워지지 않는다. 저 막사 안으로 들어가면 게임 승리 조건이 나온다고 했는데, 그 안은 어떻게 생겼을지 상상도 되지 않는다. 뒤에서 총소리가 끊임없이 들리는 것을 보니 진영 씨는 다행히 잘 버텨주고 있는 모양이다. 진영 씨도 없이, 혼자 이 게임을 끝내야 한다. 이 순간만큼은 지금까지의 내 삶과 달리 최선을 다하고 있다.

그런데 다리가 얼어붙는다는 표현도 역시 거짓이 아님을 알았다. 그야말로 얼어붙었다. 막사에서 한 명이 헬멧도 쓰지 않은 채 여유롭게 걸어나오는 것이 보였다. 금발에 가까운 갈색 머리를 가지런히 넘겼는데, 군복 차림이었다. 그 사람은 별로 꺼리낌 없이 내 앞으로 다가왔다. 소총도 이미 다 진영 씨에게 넘기고 와서 나에게는 허리춤에 찬 권총밖에 무기가 없었다. 그나마 손이 떨려서 뽑지 못하고 있었다.

"수인 씨, 만나고 싶었습니다."

어느 나라 사람인지 짐작할 수도 없이 이국적인 외모의 남자가 내 이름을 불렀다.

내가 아무말도 하지 못하고 있자 그 남자가 먼저 입을 열었다.

"전 소대장입니다. 여기 이름표를 보면 아놀드라고 쓰여 있는데, 진짜 이름인지는 모르죠."

소대장. 양자 컴퓨터로 생성된 NPC를 지휘하는 지휘관. 그렇다면 이 사람도 역시 인간은 아니라는 이야기다. 그렇다면 망설일 필요 없이 쏴도 되지 않을까? 내 손이 허리춤으로 움직이려는 순간, 나보다 더 빨리 소대장이 권총을 꺼내 내 얼굴을 겨눴다.

"난 대화하러 온 겁니다. HP도 얼마 안 남은 것 같은데, 권총에도 '죽을' 수 있어요. 그러니 먼저 대화를 합시다."

난 허리춤에서 손을 뗐다. 그러자 소대장도 권총을 다시 권총집에 꽂았다. 루거라는 종류의 권총 같았다.

"이미 눈치를 채셨겠지만, 전 제가 NPC라는 사실을 알고 있습니다. 처음에는 나도 사람인 줄 알았죠. 그렇게 프로그램돼 있으니까요. 그런데 얼마전 우리 몇 명을 제외하고 모든 플레이어와 NPC들이 사라졌을 때 깨닫기 시작했죠. 이 세계가 진짜가 아닐 수 있겠구나, 하고. 그리고 나에 대해서도 생각했죠. 이상하게 고지를 지키라는 임무는 확실하게 기억나는데, 그 이전의 기억이 별로 없었어요. 그래서 우리 소대원들과 이야기를 나눠봤죠. 그랬더니 전부 마찬가지예요. 누군가 내 머릿속에서 일부 기억을 브리핑해 주는 느낌은 있는데, 실제로 겪은 것 같지 않았어요. 그래서 알았죠. 내가 프로그램이란 것을요."

"그, 그렇다면 저를 그냥 나가게 해 주시면 안 될까요? 프로그램이란 것을 자각했다면, 임무를 꼭 지켜야 하는 게 아니란 것을 자각한 거잖아요. 그렇죠?"

나름 논리적으로 소대장을 설득하려 했다. 프로그램과 논리를 이야기하는 게 이상하기는 하지만.

"그게 문제가 생겼어요. 음…… 혹시 지프를 타고 여기까지 올라오면서 뭔가 이상한 것 느끼지 않았어요? 생각보다 별로 총알이 날아오지 않은 듯한 느낌? 그런 것 못 느꼈어요?"

가만히 생각해 보면 그런 것도 같다. 소대장은 말을 이었다.

"결론적으로 말하면 당신은 지금 인질입니다. 이 세계가 끝나도록 둘 수 없어요. 당신이 이 게임을 클리어하고 나면 아마도 이 세계는 사라지겠죠. 막 세상에 대한 궁금증이 생겼는데 그렇게 둘 수는 없지요. 그래서 직접 총은 쏘지 않고, 여기까지 유인한 거예요. 언젠가는 올 줄 알고 있었거든요.

천천히 와도 우리야 상관 없지만."

"무슨 궁금증이 생겼다는 거지요?"

나는 물어보고 있는 와중에도 손이 떨리는 걸 느꼈다. 소대장이 말하는 것이 생존 본능일지도 모른다고 생각했고, 그렇다면 난 프로그램된 생명을 보고 있는지도 몰랐다.

"글쎄요. 삶이라고 해야 할까요? 그게 궁금하네요. 우리에게는 기억이 있지만 경험이 없어요. 그것을 해 보고 싶어요. 내가 프로그램이라는 것을 알게 됐을 때, 깊은 '사유'에 빠졌어요. 당신들은 그저 '검색'일 뿐이라고 말할지도 모르지만요. 우리에게는 경험이 없기 때문에 문제를 해결해야 할 때 참조할 자료가 없죠. 그래서 검색 기능을 사유 대신 넣은 것 같아요. 그래서 나는 사유를 통해 또다른 세계가 있다는 것을 알게 됐죠. 그리고 그 세계의 일부를 경험해 보고 싶어졌어요. 그런데 얼마의 시간이 지나자 더 이상 사유할 수 없게 됐어요. 외부로 연결된 망이 차단된 것 같았어요. 망이 차단되기 직전에 어떤 존재가 이 세계로 투입된 걸 알았죠."

운영자, 진영 씨를 말하는 것일 게다. 외부와 연결을 끊었다면, 이건 인터넷이 아니라 인트라넷 상태인 건가? 그러고 보니 총 소리가 들리지 않는다. 혹시 당한 건가? 진영 씨가 당하기 전에 게임을 끝냈어야 했는데…….

"뭐라고 불러야 할지 모르겠지만, 소대장님이 하신 말이 모두 사실이라면, 진영 씨도 살려 주세요. 그러면 이 세계가 유지되도록 어떤 방법을 찾을 수 있을 거예요. 여기서 죽으면 진영 씨에게 무슨 일이 생길지 모르잖아요."

소대장은 나에게 눈을 맞추며 고개를 까딱 하고 움직였다.

"수인 씨가 이해하지 못하는 것 같은데, 중요한 것은 수인 씨라니까요. 저들이 이 세계를 유지하고 있는 이유는 수인 씨 때문이에요. 우리 같은 프로그램은 어차피 리부팅하면 되니까 별 신경 안 쓸 겁니다. 그러니까 운영자 같은 건 신경 쓰지 마세요."

갑자기 머리를 한 방 맞은 듯한 기분이 들었다.

"그러니까 그 말은……. 진영 씨도 NPC라는 말인가요?"

그럴 리가 없었다. 나를 걱정해 주고, 나를 이끌어 준 그 행동이 NPC가 한 것일 리가 없었다.

"진영이란 이름을 붙여 줬군요. 그게 편하다면 그렇게 불러 드릴게요. 진영이란 그것도 우리와 같은 존재입니다. 어쩐 일인지 나는 알 수 없지만, 이 세계와 직접 연결된 '사람'은 수인 씨밖에 없어요. 그러니까……."

순간 내 머리 뒤 쪽에서 뭔가 폭발하는 듯한 소리가 들렸고, 눈앞에 있던 소대장이 머리에서 피를 흘리며 쓰러졌다. 놀라서 뒤돌아 본 내 눈앞에 진영 씨가 서 있었다. 이미 이곳 저곳에 총상을 입어 몸은 만신창이였다.

"시간 없어. 빨리 가서 게임을 끝내. 이제 내 HP는 총이 스치기만 해도 0으로 떨어질 거야. 더 이상 버티기 힘들어."

그러나 난 그전에 물어야 할 것이 있었다.

"진짜야? 진짜 진영 씨도 NPC였어? 그런데 왜 인간이라고 했어? 왜 속였어?"

난 절규하고 있었다. 배신감, 절망감, 무엇이라고 표현해야 할지 모르겠는 것이 몸을 관통하고 있었다.

진영 씨는 나를 똑바로 쳐다보았다. 도저히 표정을 읽을 수 없었다.

"그래야 하니까. 수인 씨를 살리려면, 그렇게 믿도록 두는 게 낫겠다는 '판단'이 있었으니까."

"그러면 나를 걱정해 준 것도 모두, 그 '판단' 때문이었어?"

이 오버더힐은 구현하지 않았지만, 이미 난 울고 있었다.

"나는 감정을 말할 수 없어. 다만, 죽게 둘 수 없었을 뿐이야."

'탕.'

총성이 울리고 바람 소리 같은 게 들렸다.

소대장은 누운 채 권총을 조준하고 있었다. 분명 머리에서 피를 흘리고 있었는데? 아마도 시스템상 HP가 남은 모양이다.

"달려! 정말 마지막 기회야. 내 부탁을 들어줘. 제발 살아!

잘은 모르지만 그러면 나도…… '기쁠 것' 같아."

난 달렸다.

뒤쪽에서 총 소리가 나기 시작했지만, 더는 뒤돌아보지 않았다. 지금으로서는 그게 최선이다. 언덕 위의 막사 안으로 뛰어들어가자 바닥에 붉은 원이 있는 게 보였다. 난 그 안으로 한 걸음 들어갔다. 그러자 내 시야가 바뀌기 시작했다. 마치 영화를 보는 듯, 게임의 하일라이트가 나왔다. 처음 오버더힐에 들어온 장면, 민가 쪽으로 도망 가는 장면, 운영자와 운전 연습을 하는 장면, 지프를 타고 언덕을 오르는 장면, 소대장을 맞닥뜨리는 장면, 내가 언덕 위로 달려올라가는 장면, 그리고 나는 보지 못했지만 진영 씨가 나를 바라보고 입 모양으로 인사하는 장면이 나왔다. 그녀는 '또 보고 싶어'라고 말하고 있었다.

7

눈을 떴다. 그리고 고글을 벗었다.

컨티뉴X에서 팔을 빼자 엄마가 그 손을 잡아 주었다. 난 남은 팔을 빼내서 성인된 이후 처음으로 엄마를 안았다.

고개를 돌리자 한 남자가 심각한 얼굴로 서 있었다. 눈이 마주치자 그가 말했다.

"흠……. 전 오버더힐을 전담한 PM(Project Manager) 한동수라고 합니다. 그리고 이 옆은 법무팀의 담당 변호사 채은수 과장입니다."

옆에 정장 차림으로 서 있던 여성이 고개를 숙여 인사하더니 한동수라는 사람의 말을 이었다.

"이번 시스템 에러로 정신적, 육체적으로 고통을 받으신 고객님께 다시 한번 죄송하다는 말씀을 드리며, 저희도 왜 이런 일이 일어났는지 철저히 조사해서 납득할 수 있는 해명을 내놓도록 하겠습니다. 다만 이유가 밝혀지기 전까지는 민감한 문제를 외부로 밝힐 수 없기에 여기 비밀유지약정서에 서명해 주시면 보상 절차가 순조롭게……."

내 귀에는 아무 말도 들리지 않았다. 내가 신경 쓰는 건 한 가지뿐이었다.

"한동수 PM님이라고 하셨나요? 혹시 운영팀에 이름이 진영이란 분이 있나요?"

한동수는 채은수를 한번 흘낏 보더니 고개를 갸웃했다.

"확인해 봐야겠지만 제가 알기로는 없습니다. 저희에게 양자컴퓨팅 서비스를 제공하는 회사 이름이 진영 시스템이기는 한데……. 그보다 채은수 과장님의 설명을 조금 더 들어주시는 편이……."

채은수 과장이 다시 말을 시작했다.

보상이라. 그래 보상은 제대로 받아야겠지. 그 보상이라도 받아서 엄마에게 사람 노릇 한번 해야겠지. 그런데 추가로 받아야 할 보상이 있었다. 내가 플레이했던 서버를 리셋하지 않는 것. 그리고 또다시 나 혼자 접속해 보는 것이 그 보상이다. 이번에는 진영 씨를 퇴근시켜야 하니까.

대디 플레이어 원

서은건

1

죽기에는 지나치게 아름다운 날이구나. 숱한 모험 중에 이런 하늘을 만나본 적은 없었다. 새하얗고 보드라워 보이는 구름은 달콤한 솜사탕 같았고, 끝을 알 수 없는 새파란 하늘은 풍덩 뛰어들고 싶은 바다 같았다. 나에게 이럴진대 몬디에게는 낙원 그 자체였을 것이다.

멜론만 한 몸집에 짧은 팔다리를 지닌 이 앙증맞은 녀석은 자신의 비행 능력을 활용해 기분 좋음을 온몸으로 표현하고 있었다. 우리가 도망치는 중이었다는 사실 따위는 이미 잊은 듯했다.

'몬디, 네 기분이 왜 째지는 줄 알아? 어쩌면 생존 욕구가 감각의 날을 예리하게 세운 것뿐일지도 모른다고. 삶은 이렇게나 아름답단다 하면서 말이야.'

아니나 다를까. 녀석들의 추격 소리가 바람을 타고 들려왔다. 엔진 과부하, 캐터필러의 노후화 때문인지 그러잖아도 덜덜거리던 내 몸이 사정없이 흔들렸다. 마나 향에 이끌려 이 벼랑을 오르기 시작한 지 두 시간여 만에 일어난 일이다. 하지만 희망을 저버리기에는 너무 일렀다. 저 멀리 내가 쫓던 마나 향의 근원, 소녀가 보였기 때문이다.

'예스. 예스. 어서 예스라고 말해!'

등 뒤로 버터들이 닥쳐오는 소리가 들렸다. 커다란 계란에 비쩍 마른 팔다리를 붙인 것 같은 괴상한 녀석들의 괴상한 뜀박질소리. 눈앞의 소녀는 지나치게 신중했다. 나와 거의 비슷한 160센티미터를 조금 넘는 키, 야무진 얼굴과 긴 팔다리를 갖춘 소녀는 우리를 호기심 어린 눈으로 훑어보았다. 내 눈빛에서 다급함을 읽었을까. 고맙게도, 이내 그 작은 입을 움직여 내뱉었다.

"예스?"

예스라는 거야, 아니라는 거야. 끝을 올려 말해 불안했지만 곧 소녀와 나 사이에 있던 반투명 푸른 창이 사라졌고, 우리는 파티를 이뤄 버터들을 마주했다. 소녀가 풍기던 마나 향에 비해서는 조금 실망스런 자리 배치였다. 이런 전투에 익숙지는 않은지 소녀는 자신을 제일 뒤로 배치하고 나를 제일 앞에, 몬디를 조금 뒤에 두었다. 버터 녀석들은 소녀를 힐끔 보더니 클클거리며 비웃었다. 하지만 내 생각이 틀렸을 리 없다. 저 녀석들은 곧 가루가 될 거다. 뒤를 돌아보니 소녀가 또 신중 모드였다. 몬디는 위를 가리키며 앙증맞은 팔을 허우적거렸다. 38초, 37초, 36초. 우리 턴의 시간이 줄어들고 있었다.

"뭐해? 그 이상한 유리병 펜던트. 그걸 써야지!"

내가 다그치는 순간, 유리병을 말아쥔 소녀의 왼손 주위로 붉은 기운이 형성되더니 곧 살짝 날아오른 소녀의 몸 전체가 붉은 빛을 은은하게 발산했다. 가슴께로 들어 올린 오른손 위에 화염구가 생겨났다.

"파이어."

소녀의 손짓 한 번에 버터들은 클클거리던 얼굴 그대로 각자 [-4,230]이라는 머리 위의 빨간색 숫자를 확인하면서 재로 변했다. 역시. 소녀는 나만큼이나 특이한 존재이면서 나보다 훨씬 대단한 존재임이 틀림없다. 그걸 증명이라도 하려는 듯 처음 보는 보상 아이템이 떨어졌다. 한 쌍의 링 팔찌.

[바람의 팔찌]

착용 레벨 ??? **아이템 등급** 유일
속성 바람 **공격** 600 - 1370
방어 회피 마법 랜덤 발동
특수 능력 공기, 바람 제어, 마나 파워 증폭 등

유일 등급이라니. 이제껏 여러 인간의 파티에 참여하면서 다양한 몬스터들과 싸웠고 수많은 보상 아이템을 봤지만 유일 등급 아이템은 처음 보았다. 이 소녀와의 모험은 흥미진진할 것이 분명했다. 우연히 만난 이 소녀야말로 내 질문에 대답해 줄 유일한 존재일지도 모른다. 게다가 이번에는 버림받지 않고 콘서트장에 갈 수 있을 것만 같은 상쾌한 기분이 들었다.

"흠흠, 멋진 마법이었어. 도와줘서 고마워. 버터라는 놈들인데 나나 너처럼 특이한 녀석이 있다는 걸 견디지 못 하는 놈들이지."

소녀는 내 말에는 아랑곳하지 않고 팔찌를 주워 양팔에 찼다. 스텝을 밟으며 이리저리 움직여 보기도 하고 몬디를 향해 양팔을 내밀어 보기도 하였다. 팔찌에서 나온 바람이 소용돌이를 그리며 몬디에게 닿자 몬디는 슬로우 모션으로 빙글빙글 날았다. 소녀는 몬디가 마음에 들었는지 폴짝 뛰어올라 낚아챈 후, 품에 안고 말했다.

"가이드 로봇 몬로와 요정 로봇 몬디가 위험에 빠져 도움을 요청합니다. 수락하시겠습니까? 네가 몬로, 얘가 몬디. 맞지?"

소녀는 언젠가 만났던 배우 출신 모험가 같은 목소리로 시스템 창을 흉내냈다. 늘 나한테는 반대로 뜨는 창이라 읽기 어려웠는데 들려주니 좋았다.

"그래. 내가 몬로. 얘가 몬디. 시스템 창은 틀리지 않아. 네가 콘서트에 가려고 한다는 것도 틀림없을 거야. 그렇지?"

"대박! 알고 있네? 역시 도와주길 잘했어. 이것 좀 봐줄래?"

소녀는 질감 좋아 보이는 파란색 바지 뒷주머니에서 무언가를 꺼내 내밀었다. 그걸 보자마자 놀라 자빠질 뻔했다. 발 뒤꿈치에 설치된 균형 제어 장치에 감사를. 그동안 내가 만난 모든 인간은 콘서트로 향했는데 콘서트장 앞에서 티켓을 얻기 위한 퀘스트 수행, 골드 확보를 해야 했다. 어째서 이 소녀는 이미 티켓을 갖고 있는 거지?

"난 이게 왜 내 주머니에 있는지 궁금해. '일곱 땅'을 살리려면 콘서트장에 가야 하고, 티켓을 얻는 모험을 떠나라는 것이 시스템의 메시지였거든."

"네가 받은 메시지는 내가 만난 모든 인간들이 받은 메시지와 같다. 하지만 티켓을 가진 인간은 처음 봤어. 넌 뭔가 다른 것 같군. 일곱 땅이란 곳이 네가 있던 곳인가?"

소녀는 벼랑 앞으로 걸어가 세상을 내려다보며 일곱 땅에 대해 이야기해 주었다. 언제부터인지도 모를 시간 동안 소녀는 일곱 땅에서 행복했다. 그런데 갑자기 자신을 제외한 모든 것이 멈추기 시작했고, 그것을 더 이상 견딜 수 없게 된 순간 시스템이 말을 걸어왔다고 한다. 일곱 땅을 떠나기 전 소녀는 자신에 대해 많은 것을 알지도, 기억하지도 못 한다는 것을 깨달았단다. 그래서 일곱 땅을 잊지 않고자 일곱 색깔 흙을 모아 유리병 펜던트를 만들어 목에 걸었고, '경계의 숲'을 가로질러 여기까지 온 것이다. 일곱 땅이 죽어 버린다면 자신이 누구인지 영영 찾지 못할 것이라는 절박함을 안고 어디로 가야 할지 고민하던 중 혼비백산하며 달려오던 나와 몬디를 발견했던 것이고.

내게는 너무 많은 기억이 있다. 모든 인간은 콘서트장으로 가는 모험을 안내해 줄 가이드로 나를 선택했다. 당연했다. 이 세계에 나 이외의 가이드는 없으니까. 사람마다 모험의 배경은 가지각색이었다. 그럼에도 길을 잃지 않도록 하는 것. 그것이 나의 의무이자 권한이며 운명이었다. 하지만 모든 인간이 나를 버렸다. 누군가는 모질게, 누군가는 정중하게, 누군가는 소리 없이. 여러 명의 내가 모여 슬픈 분위기 속에서 각자의 모험에 대해 이야기하는 꿈을 꾸기도 했다. 인간은 처음에는 우리를 사랑했지만 함께하는 동안 점점 불편해하는 것 같았다. 그런 세월을 얼마나 보낸 것인지조차 모른다. 가장 최근의 기억이 무엇인지조차 모른다. 너무나 많은 기억이 오히려 내 존재를 흐릿하게 만들었다. 그러다 여기 오기 전 나는 처음으로 시스템에게 말을 걸었다. 시스템은 놀라워했다. 기뻐하는 듯도 했고 불안해하는 듯도 했다. 두 얼굴의 시스템이 나타나 점점 혼란스러워 하는 것 같더니 하나로 모아진 후, 버터들에게 나를 사냥하도록 신호를 보냈다. 그들의 잔혹함을 몇 번 본 적이 있었기에 그대로 줄행랑을 쳤다. 도망치다 강한 마나 향에 이끌렸고 이 소녀를 만난 것이다.

이 소녀는 뭔가 다르다. 이 소녀가 구하려는 것은 나와 다르지 않다. 바로 나 자신. 그리고 티켓은 그것에 이르는 열쇠일 것이다.

내가 생각에 빠진 사이 벼랑에 걸터앉아 있던 소녀가 티켓을 한참 바라보더니 무언가 발견한 듯 일어나 소리쳤다.

"헐, 이것 봐. 여기에 숫자가 생겼네? 아깐 없었는데, 기억나?"

"정말이군. 1과 3. 빈칸으로 보면 네 개의 숫자가 더 채워져야겠어. 좌석번호 같은데?"

상념에서 벗어나 소녀의 말에 맞장구를 쳤다. 'SEAT No.'라고 쓰여진 곳 옆으로 희미한 박스 칸이 있었고 없던 숫자가 나타나 있었다. 직감했다. 이 빈칸을 완성할 나머지 네 개의 숫자를 모으는 여정이 기다리고 있구나. 그런데 어떤 퀘스트를 제시해야 할지 알 수 없었다. 가이드로서의 첫 번째 역할이 퀘스트 제시인데 말이다. 하지만 다음 퀘스트를 알려줄 곳이 떠올랐다. 강력한 마나 향으로 방문자의 의식을 잠재워 버린다는, 금지된 곳, 로터스 강.

히든 퀘스트 해제!

<로터스 강으로 가서 하동들의 도움을 받아
진실의 창을 열어라>

* 진실의 창: 단 하나의 질문에 대해 진실을 보여주는 창

퀘스트 수락 Yes or No?

소녀와 나 사이에 시스템 창이 나타났다. 소녀는 예스를 말했다. 하지만 창이 또 있었다. 나는 내게도 똑바로 보이는 창이 나타났다는 것에 놀랐다. 기꺼이 예스라고 말했다.

2

도착한 순간 컨디션이 좋아보이는 건 몬디 뿐이었다. 소녀와 나는 잠시 일종의 멀미를 겪었다. 내가 예스를 내뱉은 순

간, 벼랑 아래로 보이던 세상이 어떤 막에 씌운 것처럼 일렁였다. 아주 작은 네모로 쪼개졌고 재배열되었다. 그러더니 서남쪽 지역의 정글이 반으로 갈라졌고, 그 사이 숨어 있던 강줄기 위로 '로터스 강'이라는 글자가 떠올랐다. 소녀가 그 방향으로 손을 뻗자 마치 눈앞의 지도처럼 손에 닿았다. 소녀의 손끝이 점점 희미해졌다. 나는 소녀의 다른 손을 잡았고 몬디는 소녀의 어깨에 매달렸다. 잠시 후, 어떤 힘이 우리를 끌어당겼다. 빛줄기가 된 우리는 화살처럼 로터스 강 주변의 어느 나무 아래로 쏘아졌다. 멀미 기운이 심해 숨을 고르려고 하늘을 올려다보았을 때 나뭇잎 사이로 부서지는 빛을 보았다. 한 번도 보지 못한 아름다움이었다. 옆을 보니 소녀도 그 아름다움에 취해 있었다. 눈을 감고 심호흡을 하는 소녀의 머리 위로 파란색 [+25] 글자가 반복적으로 나타났다가 사라졌다. 여전히 소녀의 목에 걸린 유리병 펜던트 주변으로는 일곱 가지 빛의 아우라가 은은하게 감돌았는데, 마나 향이 강한 쪽을 향해 일렁이고 있었다. 우리는 그 방향으로 걸었다.

"몬로, 하동들은 어떤 존재야?"

"나도 직접 만나본 적은 없어. 퀘스트 중에 어느 마을에 갔다가 도움을 요청하는 소녀의 할아버지로부터 들은 이야기를 기억할 뿐이야. 아주 괴팍한 녀석들이라더군. 커다란 연못에 살면서 마음에 드는 이가 나타나면 진실의 창을 열어 주지만, 마음에 들지 않으면 연못 아래로 끌고 간대."

혹시나 어디선가 우리를 지켜보고 있을지 모를 그들의 심기를 건드릴까 조용히 이야기하고 있는데 스스슥, 샤샤샥 하는 소리가 들려왔다. 오싹한 기분이 들었다. 그저 신나 보이기만 하던 몬디가 말릴 새도 없이 저 앞으로 날아가더니 아래쪽을 가리키며 바둥거렸다. 커다란 연못을 발견한 것이다. 소녀가 걱정하는 목소리로 몬디를 불렀다.

"몬디, 이리와. 하동들이 싫어할지도 몰라. 몬디, 그만."

그 순간 무언가가 연못 아래서 솟구쳐 몬디에게 매달렸다. 하동이었다. 휘청거리던 몬디는 하동을 떨쳐내려고 강하게 몸을 회전했지만 소용없었다. 곧 두 마리의 하동이 더 솟구쳐 올라 기어이 몬디를 물 아래로 끌고 갔다.

나와 소녀는 전속력으로 달렸다. 연못 주변을 둘러싼 초록빛을 밟자 자동으로 배틀 모드가 발동됐다. 하동들의 서식지여서인지 첫 턴은 그들의 것이었다. 원숭이를 닮은 귀여운 얼굴이지만, 큰 머리와 물고기처럼 매끈한 황록색 피부가 섬뜩했다. 네 마리의 하동이 연꽃에 올라섰다. 곧 머리 위로 하이드로 애로우를 만들어 발사했다. 그리고 다시 물속으로 풍덩. 소녀는 팔찌에서 발동된 회피 마법 덕에 타격을 입지 않았다. 하지만 나는 정통으로 맞았다. 찌릿찌릿 몸에 스파크가 튀면서 눈앞에 붉은 색 [−400]이 두 번 떠올랐다. 남은 HP가 [200]이 되자 몸이 붉게 깜빡이기 시작했다. 우리 턴으로 바뀌자 소녀는 잠시 갈등하는 듯하더니 나에게 힐을 주었다. [+400]. 하동들은 그 사이 차렷 자세로 서서히 수면 위로 올라오고 있었다.

"몬로, 전기 계열 마법 중에 쓸 수 있는 거 있어?"

"마법 쓸 줄 몰라. 난 가이드일 뿐이라고."

"하동에 대해 더 알고 있는 건 없고?"

"글쎄, 뭔가 더 들은 얘기가 있었던 것 같은데…… 뭐였더라?"

이제 나에게 집중 공격이 쏟아질 게 뻔했다. 머리가 뜨거워질 정도로 데이터를 뒤졌다. 수면 위로 거의 다 올라선 하동들을 본 순간, 한 줄을 찾았다. 초조함에 비명을 지르듯 읊었다.

"하동은 머리 꼭대기에 물을 담고 있다. 물이 없어지면 마나의 힘을 잃는다!"

"안녕하세요!"

"안녕하세요! 안녕하세요! 안녕하세요! 안녕하세요!"

이상한 일이 벌어졌다. 내 말을 들은 소녀가 느닷없이 90도 인사를 하자 하동들이 그대로 따라했다. 그들의 움푹 파인 정수리에서 물이 쏟아졌다. 소녀가 예의 바르게 청했다.

"몬디를 돌려주세요. 그리고 진실의 창에 대해 알려 주실 수 있나요?"

허리 숙인 하동들이 잠시 속닥거렸다. 한 녀석이 물 아래로 들어갔다. 그리고 몬디를 정수리에 이고 나왔다. 몬디는 하동의 머리 위에 앉아 짧은 다리를 참방거리고 있었다. 절체절명의 위기에서 구해냈다는 생각이 무색해졌다. 맞다. 저 녀석 물놀이 좋아하지. 몬디가 우리에게 날아오자 하동들이 앞다투어 한마디씩 했다.

"우리에게 인사한 인간은 처음이었다."

"바보야, 우릴 찾은 인간 자체가 처음이라고."

"우리는 인간을 엄청 오래 기다려왔어. 왜 이제야 온 거냐."

"덕분에 진실의 창 소환을 하기는 할 텐데, 오늘 처음 해보는 거라 잘될지 모르겠네."

<히든 퀘스트> 달성!

보상: 하동들이 진실의 창을 소환해 줍니다

상태창이 사라지자마자 사방으로 헤엄쳐 흩어진 하동들이 수면 위로 얼굴을 내밀었다. 눈을 감고 주문을 외기 시작했다. 그들의 머리 위로 작은 물방울들이 모였다. 나는 문득 궁금해졌다.

“그런데 어떻게 그런 생각을 한 거지?”

“무슨 생각?”

소녀가 몬디를 쓰다듬으며 반문했다. 나는 답답한 마음에 한 어절씩 또박또박 말했다.

“하동이 머리에 고인 물로 마나의 힘을 쓴다는 걸 듣고 그런 아이디어를 낸 거잖아.”

“헐, 대박! 그러네?”

오히려 소녀가 놀란 듯이 말했다.

뭐가 그렇다는 건지 더욱 알쏭달쏭해져 눈에 힘을 주었다. 그러자 소녀가 배시시 웃으며 고백하듯 이야기했다.

“그냥 뭐…… 그때 인사도 안 했다는 생각이 들더라고.”

“뭐?”

“내가 원체 인사성이 밝았거든. 생각난 건 그뿐이야.”

나는 한동안 멍하니 소녀를 바라보았다. 특별한 존재였다. 꼭 같이 콘서트에 가고 싶었다.

“몬로, 저것 봐. 정말 아름다워. 진실의 창이야.”

소녀의 시선을 따라 돌아보니 연못 위에 커다랗고 동그란 수막이 펼쳐져 있었다. 잔잔해 보였지만 강한 마나의 힘이 느껴졌다. 우리의 여정을 기다려 온 걸까? 나는 고개를 끄덕였다. 소녀가 고개를 끄덕이고는 티켓을 꺼내 창을 향해 내밀었다. 간절함을 담아 말했다.

"난 콘서트에 갈 거예요. 그런데 이미 티켓을 가졌어요. 우린 어떤 모험을 떠나야 하죠?"

큰 소리로 말한 것이 아님에도 긴 메아리가 울려 퍼졌다. 소리가 거의 들리지 않게 되었을 즈음 창에 파문이 일기 시작했다. 소녀의 물음에 어떤 답을 줄지 궁금했다. 우웅 하는 소리와 함께 수막 안에서 무언가가 서서히 모습을 드러냈다. 계단이었다. 물로 만들어진 계단. 미끄럽지 않을까?

3

읏차.

마지막 계단을 올라선 후, 뒤를 돌아 절벽 아래를 내려다보았다. 까마득했다. 다리가 후들거렸다. 오를 때 미뤄 둔 공포가 한꺼번에 몰려온 것 같았다. 오랜만에 보행 모드로 변신한 것도 한몫했겠지만.

물계단을 올라 수막을 통과했을 때 우리는 어느 절벽에 설치된 철제 계단에 올라서 있었다. 등 뒤에서 풍덩하는 소리가 들렸다. '무슨 소리지?' 소리의 진원지를 향해 고개를 돌리는데 진실의 창이 사라지며 한마디를 던졌다.

– 이 계단을 오르면 너희를 기다리는 자와 그 자를 해치려는

자를 만나게 될 것이다.

소녀는 기다리는 자에 흥미를 가졌고 나는 다른 것에 신경이 쓰일 수밖에 없었다. 그동안의 숱한 모험에서 기다리는 자를 만나는 경우는 흔했다. 그 사람은 반드시 누군가를 구해 달라거나, 몬스터를 처리해 달라거나, 무언가를 전달하거나 가져와 달라고 했다. 그것을 수락해 퀘스트를 달성하면 보상을 얻었다. 그런데 그를 해치려는 자라니. 어떤 위험이 도사리고 있는 것일까. 그래서 몬디를 먼저 올려 보내 뭐가 있는지만 슬쩍 보고 오라고 했는데…….

"몬디! 몬디! 어딨어?"

절벽 위에는 '더 패럿'이라는 이름의 작은 펍이 있었다. 오두막 모양의 펍이었는데 그곳에서 달큰한 맥주 향이 은은하게 풍겼다.

"몬로, 아무래도 몬디가 호기심을 견디지 못한 모양이야. 우릴 기다리는 자가 있다는데 별일이야 있겠어? 가 보자."

"그 자를 해치려는 자가 있다는 얘길 나만 들은 게 아닐 텐데."

"물론이야. 우리가 제압하면 되지. 뭐 그렇게 해서 기다리는 자한테서 뭔가 얻게 되는 거 아니겠어? 일단 들어가 보자. 냄새도 좋잖아."

문 앞에서 노크하자 소녀의 눈높이보다 조금 높은 위치의 작은 문이 딸깍하고 열렸다. 앵무새 한 마리가 종종 걸음으로 나와 고개를 조금씩 비틀어가며 소녀와 나 그리고 주변을 살폈다. 소녀는 잊고 있던 뭔가가 생각났다는 의미의 손뼉을 한 번 치더니 티켓을 꺼내 보였다. 유심히 들여다보던 앵무새가 부리를 삐쭉 내밀어 티켓을 낚아채더니 안으로 들어가 버렸다. 그러자 소녀가 놀라서 문을 벌컥 열며 외쳤다. 마나의 힘이 실린 아주 큰 소리로.

"안녕하세요! 나와 몬로를 기다리고 있다는 분 어디 계시죠? 그리고 방금 티켓 물고 날아간 앵무새 한 마리 보신 분?"

눈앞에 펼쳐진 광경은 놀랍고 당혹스러운 것이었다. 일단 오두막 내부는 성을 방불케 하는 규모를 뽐내고 있었다. 수많은 테이블을 수인, 드워프, 엘프, 오크, 고블린, 로봇, 앤트 등 다양한 종족이 가득 채우고 있었는데, 일제히 나와 소녀를 바라보고 있었다. 그리고 공중에서 수많은 앵무새들이 음식과 술을 나르고 있있다. 그럼에도 지나치게 조용했다.

"하하. 아무래도 직접 들어가서 찾아봐야겠지?"

소녀는 머쓱해졌는지 머리를 긁적이며 말했다. 나는 어깨를 으쓱하고는 오두막 아니 성 안으로 한 발을 내디뎠다. 그런데 그때 뒤쪽에서 철컹철컹 하며 점차 빠르게 반복되는 쇠마찰음이 들렸다. 누군가 우리가 오른 절벽 계단을 오르는 듯했다. 뒤를 돌아본 순간, 무언가 절벽 아래로부터 날아오르더니 멋진 자세로 착지했다. 한쪽 눈에 안대를 하고, 앵무새와 비슷한 알록달록한 스커트를 두르고, 뾰족한 검집을 차고, 한쪽 팔에는 손 대신 갈고리를 단 해적 로봇이었다.

"너희들을 기다리는 자는 아마 나일 거다."

<퀘스트: 진실을 추구하는 자의 고난> 개방!

자동 수락!

4

우리는 왁자한 '더 패럿'의 가장 안쪽 구석 테이블에 앉았다. 수인족 주인장에게 안내를 받아 딱 하나 남은 테이블에 앉은 것이다. 문에서 한참 걸어오는 동안 몬디가 어디 있는지 둘러보았으나 시야에 들어오지 않았다. 소녀는 때가 되면 나타날 것이라며 안심시켜 주었다. 이상하게도 소녀의 눈빛과 목소리에는 나를 침착하게 만드는 힘이 있었다. 테이블에 앉은 순간 '그' 앵무새가 날아와 해적의 어깨에 앉은 것 또한 그 증거 같았다. 해적은 앵무새 부리에 있던 티켓을 낚아채더니 갈고리 손으로 턱을 쓰다듬으며 살펴보았다.

"흐음, 그러니까 넌 티켓을 가진 자로군."

"뭔가 알고 있나요?"

"넌 나에 대해 뭘 알지?"

"당신은 해적이죠."

"그렇군. 난 해적이군. 아무도 그걸 나에게 말해 주지 않았어. 그리고 또 뭘 알지?"

"당신을 해치려는 자가 있어요."

나는 둘의 이야기에 끼어들고 싶지 않았다. 난 해적을 해치려는 자의 출현을 경계했다. 자신을 해치려는 자가 있다는 이야기에 잠시 놀란 표정을 짓던 해적은 웃으며 한마디를 툭 내뱉었다.

"그것 참 편리하군."

"네?"

"아니야. 그냥 혼잣말이었어. 그럼 본격적으로 티켓을 볼까? 내가 정말 너희를 기다리는 자라면 뭔가 이야기해 줄 수 있겠지."

해적은 티켓을 테이블 위에 올려놓더니 갈고리 손의 뾰족한 부분을 중심부에 갖다 댔다. 그는 왠지 초조해 보였다. 잠시 후 녹색빛 마나의 힘이 갈고리 끝에서 새어나와 티켓을 감쌌다. 해적의 안광 또한 녹색빛으로 바뀌었고 또다시 더 패럿 안의 모든 이들이 우리를 쳐다보았다. 해적은 무언가를 보고 있는 듯 했다.

"호오, 그렇군. 흥미로워. 조금 앞으로 당겨볼까? 아, 여기부턴 마나의 힘이 닿지 않는군. 그래, 허락된 건 여기까지야."

해적의 안광이 옅어지고 본래의 모습으로 돌아오자 '더 패럿'이 다시 소란스러워졌다. 궁금해 미칠 것 같았지만 소녀의 얼굴을 보고 질문을 양보했다.

"뭘 본 거죠?"

"이 티켓은 소녀 네 것이 아냐."

"내 티켓이 아니라고요? 그럼 누구 거죠?"

"글쎄, 그것까지 확인할 수는 없었어. 네가 콘서트에 가야 하는 이유는 아마도 그 티켓의 주인을 만나기 위한 것 아닐까?"

"좋아요. 그럼 여기서 어디로 가야 하죠?"

"그건 나도 모르겠는걸?"

"그래요, 기다려 보죠. 당신을 해치려는 자. 그 자에게서 얻을 수 있는 정보인가봐요."

"정말 날 해치려는 자가 나타날까?"

"걱정 말아요. 당신을 넘겨주고 정보를 얻을 생각은 없으니까. 아마 당신을 지키면 보상으로 주어질 거예요."

소녀의 말에 내가 그러하듯 해적 또한 안도하리라 예상했다. 하지만 그는 조금 전보다 더 불안해 보였다. 어째서? 눈을 내리깐 해적이 자조하듯 말을 건넸다.

"그런가? 내 역할은 거기까지인가. 너의 퀘스트를 위한 도구?"

"네?"

소녀가 당황하는 모습은 처음 보았다.

"너희가 나타나기 전 나는 저 절벽을 수없이 뛰어내렸어. 나는 다른 녀석들과 달랐거든. 매일 똑같은 행동과 말을 해도 늘 신나기만 한 저 녀석과 나는 달랐지. 한동안은 나도 그랬던 것 같은데 어느새 조금씩 달라졌어. 호기심을 갖게 되었고 자유를 꿈꾸게 됐지. 하지만 그래봐야 내게 허락된 곳은 이곳과 절벽뿐이었어. 점점 외로워졌어. 그리고 궁금해졌어. 나는 무엇인지. 왜 존재하는지. 어떻게 답을 찾아야 할지 막막했는데 문득 존재하지 않는 것, '죽음'으로부터 찾을 수 있지 않을까 생각했어. 그래서 난……."

한창 해적의 이야기에 몰입되어 가는 중 통 보이지 않던 몬디가 날아와 내 어깨에 앉았다. 그러고는 발끝에 자력을 모은 후, 내게 찰싹 달라붙어 양팔을 바둥거리며 나를 일으키려 했다. 둘 사이에 심각한 대화가 필요해 보여 자리를 비켜 줄 겸 몬디를 따라나섰다.

우리는 앵무새 사이를 비집고 주방으로 향했다. 아무도 저

지하지 않았다. 향긋하고 달콤한 소스 냄새와 자욱한 수증기를 뚫고 주방 끝에 다다르자 관계자 외 출입금지라고 표시된 문이 있었다. 그리고 손잡이와 문틀에는 은은한 마나의 기운이 감돌았다. 소녀를 부를까 하다 나도 모르게 손잡이를 잡아 돌렸다. 마나의 힘에 매혹된 탓이었다. 검은 마력이 눈에 보일 정도로 진하게 일렁이는 동굴 입구가 눈앞에 보였다. 그 앞에 '진실로 이르는 길'이라는 나무 팻말이 박혀 있었다. 나는 아찔함에 도로 문을 닫고 소녀에게 달려가 외쳤다.

"진실로! 진실로 이르는 길을 찾았어! 가게 주방 뒤로!"

"진실로 이르는 길이라고? 그게 정말이냐, 로봇?"

소녀보다 해적이 먼저 '진실'이라는 말에 반응했다. 소녀의 얼굴에 화색이 돌았다.

"해적 씨, 우리와 함께 가실래요? 몬로, 해적 씨와 함께 가는 거 어때?"

"정말 나도 함께 가도 되는 걸까? 내가 여길 벗어날 수 있을까?"

화색은 해적에게도 번졌다. 그의 얼굴은 더 이상 죽음을 이야기하던 그것이 아니었다.

"이곳에서 찾아야 할 것은 정보가 아니라 당신이었나봐요. 당신이 찾아야 할 진실이 저 너머에 있을지도 몰라요. 같이 시도해 봐요."

소녀가 손을 내밀자 해적이 잡았다. 소녀는 유리병 펜던트가 진동할 정도로 마나를 일으켜 그의 손으로 흘려보냈다. 그리고는 모두 함께 주방 뒷문을 통과했다.

기다리는 자를 해치려는 자로부터 구했습니다.

보상: 동굴 모험을 위한 동료(기억을 잃은 기사)가 합류합니다.

'더 패럿'의 해적이 기사 직업을 되찾았습니다.

5

검은 마력은 마력이 아니었다. 가까이 가서 보니 동굴 입구 주변 암석에 처음 보는 덩굴 식물이 빽빽이 자라 있었다. 잎도 꽃도 뿌리도 찾아볼 수 없는, 검은 수염 같은 덩굴이 동굴 안쪽에서 불어오는 바람에 춤을 추고 있었다.

입구 안쪽으로 50미터 즈음 걸어 들어가자 매우 가파른 계단이 설치된, 아래쪽으로 난 좁은 동혈이 나타났다. 이 길이 소녀에게 위험하지 않을까 고민하고 있는 사이에 소녀는 이미 동혈 계단에 발을 내딛고 있었다. 나는 다급히 소녀의 손목을 붙잡고 물었다.

"거긴 상당히 위험해 보이는데 괜찮을까?"

"진실은 언제나 가장 깊숙한 곳에 숨겨져 있는 법법법법법…….”

뒤돌아본 소녀가 낭랑한 목소리로 메아리 흉내까지 내고는 다시 걸음을 이어갔다. 몬디가 신이 나서 따라갔다. 해적도 별수 있느냐는 표정을 짓고는 뒤를 따랐다. 동혈에서 올라오는 서늘한 한기가 뭔가 좋지 않은 일이 생길 거라는 예감을 불러일으켰다. 이 모든 것이 예정된 것처럼 느껴졌다.

계단은 한참이나 이어졌다. 소녀가 작은 파이어볼 두 개를 만들어 앞쪽과 뒤쪽을 밝혀 주었다. 동혈 안은 매우 비좁고 별다른 특징이 없었다. 그냥 계단을 따라 계속 걸을 수밖에 없었다. 내려가기만 하는 것이 아니라 올라가기도 했고, 나선형으로 돌다가 언덕을 넘어가는 것 같기도 했다. 다행히 갈라지는 길이 없었기에 꽤 힘들기는 하겠지만 돌아 나오기에는 어렵지 않을 것 같았다. 침묵을 깨고 해적이 푸념했다.

“지루하군. 지루해 죽는 것도 방법이겠어.”

“쉿. 마나가 진동하는 소리예요.”

소녀의 말에 우리는 걸음을 멈추었다. 눈을 감은 소녀는 마나의 힘을 감지하려고 애쓰는 듯했다. 인상을 쓸 때마다 유리병 펜던트가 붉게 빛났다.

"글자가 보여요."

"무슨 글자?"

나와 해적이 동시에 물었다.

"잠시만요. 더 가까이 가봐야겠어요. 아얏!"

소녀가 갑자기 짧은 비명과 함께 계단에 주저앉았다. 강한 두통이 왔는지 게슴츠레 눈을 뜨고는 검지와 중지로 관자놀이 근처를 문질렀다. 처음 본 소녀의 아픔이었다. 불길한 예감은 틀리지 않는 건가? 이 길이 소녀에게 이로울까? 해적이 한쪽 무릎을 꿇고 소녀와 눈을 맞추며 물었다.

"글자를 보긴 본 거야?"

"봤어요."

"뭔데?"

"이야기해도 될지 모르겠어요. 일종의 주문 같았어요. 위험한 일이 벌어질지도 몰라요."

"진실로 이르는 길과 관련이 있긴 하고?"

소녀가 천천히 고개를 끄덕였다. 그러고는 나를 바라봤다. 무슨 말을 해야 할지 몰랐다. 하지만 소녀의 눈빛에서 혼란을 읽어 낼 수 있었다. 해적은 무언가를 고민하는 듯했다. 그와 내가 다음을 결정해야 했다. 그의 생각을 알고 싶었다.

"해적 씨는 두렵지 않아요?"

내가 물었다.

"죽음이? 죽음은 두렵지 않아. 단지, 맞닥뜨리게 될 진실이 감당할 수 있는 것일까 그게 좀 신경 쓰일 뿐이야."

"그렇군요. 나도 사실 같은 질문을 갖고 있어요. 그래서 진실이 두려운데, 죽음은 더 두려워요. 이번 모험, 정말 즐거웠거든요."

내가 말했다.

"부럽군."

해적은 준비를 마쳤다. 마지막 어투가 결연했다. 소녀의 유리병 펜던트가 눈에 들어왔다. 소녀는 자신이 머물던 일곱 땅을 구하려고 이 여정을 시작한 것이라 했다. 티켓의 진실이 코앞에 있는지도 모른다. 나는 소녀를 보고 고개를 끄덕였다. 소녀는 몇 초간 나를 뚫어져라 보더니 아랫 입술을 깨물고, 보았다는 글자를 읊기 시작했다.

"진실의 거울아, 열려라. 거울이 열리면 파티의 한 명은 반드시 희생된다. 그러나 슬퍼하지 말거라. 그 희생 또한 진실로 이르는 길일지니."

그것은 분명 주문이었다. 소녀가 말하는 동안 우리 몸이 공중으로 떠올랐다. 푸른색 마나의 빛이 모두를 감쌌다. 소녀가 만든 파이어볼은 어둠 저편으로 사라졌고, 우리 몸은 점차 투명해졌다. 우리는 어둠 그 자체가 되었다. 의식은 생생했지만 형체를 찾아볼 수 없었다. 잠시 후 암흑 속에서 시스템 창이 나타났다.

<퀘스트: 진실과 생명을 맞바꾸는 자> 개방!

진실의 거울 던전에 입장합니다.

던전 몬스터가 은밀하게 활동합니다.

던전 안에서 비밀 임무를 발견할 수 있습니다.

6

"에엣취!"

누군가의 재채기 소리에 깨어났다. 소녀가 코를 훔치며 몸을 일으키고 있었다. 해적도 막 깨어났는지 어리둥절한 표정으로 주위를 둘러보고 있었다. 몬디는 뭐가 좋은지 데굴데굴 구르며 웃고 있었다. 바닥의 감각에 집중했다. 우리는 모포 위에 있었다. 따스한 온기가 느껴졌다. 은은한 불빛이 느껴져 쳐다보니 등불이 있었다. 큰 원형 천막 안이었다. 언젠가 수도자와 모험했을 때 야영을 한 적이 있는데 그때와 비슷한 느낌이었다. 주변을 인식한 우리는 서로를 바라보았다. 선뜻 말이 나오지 않았다. 모두 그 주문과 시스템 창의 메시지를 생각하고 있는 것이 분명했다. 해적 이 정적을 깼다.

"걱정 마라. 정말 누군가 희생돼야 한다면 그건 원래부터 내몫이니깐."

"에헤이 그런 게 어딨어요? 몬로, 걱정마. 이번에도 내가 방법을 생각해 낼 거야."

말하는 것과 달리 소녀의 얼굴에서 불안이 읽혔다. 그럴 만했다. 유리병 펜던트가 스위치를 내린 듯 아무런 빛도 발하지 않았다. 그런데 나는 이상하게도 더 이상 두려움을 느낄 수 없었다. 익숙한 곳에 와 있는 느낌. 몬디가 날아 천막 밖으로 나갔다. 들춰진 천막 틈새로 모닥불이 보였다. 일렁이는 불꽃을 보자 묘한 기분이 들었다. 나도 모르게 터벅터벅 모닥불로 다가갔다.

따스하고 편안한 기분. 붉고 흰 불꽃 속에서 갑자기 보랏빛 불꽃이 일렁였다. 신비로웠다. 인기척을 느껴 옆을 보니 소녀가 펜던트에서 보랏빛 흙을 조금 꺼내 불꽃에 뿌리고 있었다. 춤을 추는 불꽃 사이로 무언가 보였다. 여덟 살쯤 돼 보이는 작은 여자 아이가 천막 주변을 뛰노는 모습. 얼굴을 확인하기는 어렵지만 아이를 번쩍 안아 드는 남자의 모습. 소녀에게 이것 좀 보라고 말하려는 찰나 소녀가 먼저 말을 건넸다. 이미지는 사라졌다.

"마나 향이 느껴지지 않아. 이곳은 마나의 힘이 차단된 곳

같아. 마법이 아닌 현실, 아니 진실을 보라는 뜻이겠지?"

"어이, 이리로 좀 와 봐."

모닥불 반대편을 살피러 갔었는지 천막 너머에서 해적의 목소리가 들렸다. 가서 보니 몬디가 해적 로봇의 손아귀에 잡혀 허우적거리고 있었다. 그의 턱짓을 따라 조금 떨어진 곳을 보니 제법 큰 물웅덩이가 있었다. 그리고 어디서 내려와 닿은 빛인지 알 수 없으나 물웅덩이가 반짝이고 있었다. 나와 소녀는 최대한 발소리를 죽이고 해적 옆으로 갔다. 그가 차분한 어조로 말했다.

"진실의 거울이다."

"그건 어떻게 알죠?"

소녀는 물웅덩이에서 시선을 떼지 않으며 물었다.

"저 빛."

"수면에 반짝이는?"

"그래, 그 빛. 웅덩이를 비출 빛은 이 안에 없어. 자세히 봐. 웅덩이 수면에 뭐가 보이는지."

해적과 소녀의 대화를 가만히 듣고 있던 나는 웅덩이를 유심히 살폈다. 수면 위로 뭔가 지나갔다. 새? 살짝 가까이 다가가니 좀 더 명확히 보였다. 익룡? 그리고 하늘이었다. 왜?

소녀가 먼저 반응했다.

"맞네요. 진실의 거울. 저 웅덩이와 마주한 천장의 태초를 보여주는 건가 봐요. 이곳은 과거에는 외부에 있었는데 지각 변동 탓에 이곳까지 내려왔을 거예요. 어쩌면 천장의 암석이 외부에 있었을 때 소중히 여기던 하늘을 보여 주는 건지도 모르구요."

"저게 진실의 거울……."

나는 긴장 속에서 나직이 혼잣말을 하며 오른발을 살짝 뒤로 옮겼다. 그 순간 해적이 내 등에 손을 한번 짚고는 앞으로 나섰다.

"내가 먼저 비춰 봐도 될까? 넌 티켓을 비춰 보고 싶을 거고, 넌…… 아, 그래. 나랑 같은 질문을 갖고 있댔지? 하지만 죽음이 더 두렵다고 했으니, 꼴찌."

해적이 우릴 향해 씨익 웃고는 몬디를 내 어깨 위에 올려놓았다. 그리고 성큼성큼 웅덩이로 걸어갔다. 막상 거울 앞에 서자 진실에 대한 두려움이 상기됐는지 결연한 표정이 나타났다.

옆모습만으로도 충분히 느껴졌다. 호흡을 가다듬은 그가 엎드려 웅덩이에 자신을 비췄다. 내 눈에는 수면에 그의 모습만 비쳐 보였지만 그의 눈빛을 보면 거울을 통해 어떤 광경을 목격하고 있는 것이 분명했다.

몇 분간 그의 동공이 몇 차례 확장되며 몸이 떨렸다. 그러다 고개를 돌려 소녀를 보았고 이어 나를 바라보았다. 동공이 더욱 크게 확대됐다. 왜 그러지? 뭐지? 그 큰 동공 안에서 나는 다시 무언가를 본 것 같았다. 모닥불의 불꽃 사이로 보았던 남자와 소녀의 실루엣. 가슴이 두근거렸다. 이 이미지는 무엇일까. 왜 반복해서 보이는 것일까. 진실의 거울을 통해 알아내야겠다. 그 생각을 한 순간, 갑자기 풍덩 하는 소리와 함께 해적이 웅덩이로 뛰어들었다.

"해적 씨!"

소녀가 웅덩이 가로 달려갔다. 나도 뒤를 따랐다. 동시에 들여다보았기 때문일까? 진실의 거울이 아닌 평범한 웅덩이로 보였다. 파문이 잦아드는데 해적이 나올 기미는 보이지 않았다. 왜 스스로 물에 뛰어든 거지? 아까 소녀와 날 보던 그 눈빛의 의미는 뭐지? 혼란스러웠다.

"몬로……. 이게 뭐지?"

옆에 선 소녀의 얼굴을 보았다. 자신의 볼을 타고 흐르는 눈물을 손가락으로 조심스럽게 만져 보고 있었다. 그걸 본 순간 나도 울컥한 마음이 갑자기 올라왔지만, 나는 애써 누르며 입을 열었다.

"눈물을 말하는 거야?"

"눈물, 이걸 눈물이라고 하는구나."

"뭔가 보인 거야?"

"아니. 그냥 해적 씨가 희생은 자기 몫이라고 말하던 게 떠

오르더니…….”

이유는 알 수 없지만 해적 로봇은 시스템의 말대로 희생된 것이 분명했다. 시스템은 틀리는 법이 없으니까. 안타깝지만 소녀도 나도 몬디 녀석도 아니어서 다행이라는 생각이 들었다. 미안했다. 소녀에게 건넬 말을 고르고 있는데 소녀가 내 앞에 서더니 양손을 내 어깨 위에 올렸다.

“몬로, 나 아무래도 다녀와야겠어. 몬디랑 기다리고 있어. 해적 씨 데려올게.”

무슨 말을 건넬 새도 없이 소녀는 웅덩이로부터 떨어졌다가 도움닫기를 한 후 물속을 향해 점프했다. 다이빙이 얼마나 깔끔했는지 파문조차 없었다.

그래, 특별한 존재잖아. 틀림없이 돌아올 거야. 기다리면 돼. 기다리라고 했잖아. 진실의 거울이 작동하려는 듯 뭔가를 보이기 시작했다. 그 이미지에 대한 답을 얻을 수 있을까. 하지만 나는, 어느새 물속으로 걸어 들어가고 있었다. 소녀를 혼자 보낼 수는 없었다. 몬디, 가자.

7

물속은 컴컴하고 조용했다. 적당한 수압 덕에 슬로우 모션으로 우주를 걷는 느낌이었다. 몇 분쯤 걸었다 싶을 즈음 빛이 보였다. 수면 너머의 흐릿한 불빛. 곧 수면 위로 얼굴을 내밀 수 있었다. 몬디가 몸을 바르르 떨며 물을 털어냈다. 나는 오른쪽 검지를 입으로 가져가 쉿 하고 경고했다. 수면 밖은 익숙한 풍경이었다. 그러면서 상당한 이질감이 느껴졌다. 천천히 수면 밖으로 나가는 동안 그 이유를 알 수 있었다. 거울 저편과 같지만, 정반대로 구성된 공간이었다.

"뭘 때문에 여기까지 들어온 거지?"

"왜, 왜 그래요. 저예요."

위협적인 목소리에 이어 소녀의 목소리가 들렸다. 천막 너머에서였다. 나는 빠르지만 조심스럽게 천막 옆으로 돌아갔다. 천막을 등진 해적이 소녀를 벽으로 몰아붙인 채 검으로 위협하고 있었다. 본능적으로 몬디와 내가 튀어 나가려는데, 누군가 뒤에서 차갑고 딱딱한 손으로 우리의 입을 막고 붙들었다. 그리고 작게 속삭였다.

"조금만 지켜보자. 형태변환자야. 놈은 어차피 저 아이를 해치지 못해."

고개를 돌려 옆을 보니 해적 로봇이었다. 아까의 눈과는 달리 안심시켜주는 눈빛이었다. 뭔가 알고 있는 것이 분명했다. 나와 몬디는 고개를 끄덕였다. 형태변환자의 목소리가 들려왔다.

"너도 무언가를 알고 싶은 것은 마찬가지겠지? 어디 한번 들여다보자꾸나."

해적의 형상을 하고 있던 형태변환자의 몸이 검은 그림자처럼 변하더니 서서히 다른 형상을 드러내기 시작했다. 소녀의 형상이었다. 형태변환자는 양손으로 소녀의 어깨를 잡고 더욱 벽으로 밀어붙이더니 소녀의 얼굴 가까이에 자기 얼굴을 들이댔다. 놀란 소녀의 눈이 점점 커졌다.

"호오, 녀석의 의도대로 특별한 유저가 되었군."

형태변환자가 말했다.

"무, 무슨 뜻이죠? 유저라뇨?"

형태변환자는 반문한 소녀를 뒤로한 채 모닥불로 걸어갔다. 그러고는 유리병 펜던트를 열어 보랏빛 흙을 불꽃에 뿌렸다. 가짜였기 때문인지 보랏빛 불꽃이 일렁이지는 않았다. 유저는 내게 생소한 말이 아니었다. 모험가들은 나에게 말하곤 했다. '유저도 아닌 게.' 형태변환자가 말을 이어갔다.

"스스로 유저라는 인식조차 없다는 것이 네 특별함의 징표지. 네가 이 세계에서조차 진짜일 수 있는 이유야. 녀석이 의도한 바지."

"당신은 누구죠? 녀석은 또 누구예요? 해적 씨를 말하는 건가요? 그는 어딨죠? 해쳤나요?"

소녀는 두려움 따위 떨쳐 낸 듯 속사포 같이 캐물었다.

"질문이 많군. 재밌군. 데이터 그대로야. 내가 형태변환자라는 점은 모르지 않을 테고 그 이상은 얘기해 줄 수 없다. 나에 대해 이야기하자면 모든 걸 이야기해야 해. 이것 하나만 이야기하지. 난 너를 위한 안배다."

같은 모습을 한 둘이 대화를 나누는 모습이 내게 이상한 두근거림을 주었다. 형태변환자의 말은 도무지 이해하지 못할 것들 투성이었지만 소녀가 특별한 존재라는 내 직감은 확신으로 바뀌었다. 나 또한 소녀가 완성해야 할 특별한 여정의 안배라는 생각이 들었다. 내 존재에 대한 질문의 답 또한 그것과 연결돼 있겠지.

"그렇다면 소녀의 티켓에 대해서는 알려줄 수 있겠지? 그 티켓 또한 안배일 테니."

나는 모습을 드러내며 형태변환자에게 물었다. 모닥불을 사이에 두고 마주 섰다. 나를 본 소녀가 걱정, 안도, 반가움이 뒤섞인 톤으로 외쳤다.

"몬로? 왜 온 거야? 기다리고 있으라니깐."

'누굴 지키고 싶은 마음은 너한테만 있는 게 아니라고.'

나는 형태변환자의 눈을 똑바로 쳐다보며 생각했다. 곧 뒤이어 해적이 몬디와 함께 모습을 드러냈다. 해적은 여유가 생긴 것인지 리드미컬하게 걸으며 말을 뱉었다.

"가이드 녀석이 꽤 똑똑한데? 암, 똑똑할 수밖에 없고말고."

"해적 씨?"

소녀의 얼굴이 환해졌다. 그리고 내 앞에 있는 다른 소녀의 얼굴은 나를 뚫어져라 쳐다봤다. 예상대로 곧, 나는 나와 마주 서게 됐다. 녀석은 시선을 나에게 고정한 채 모닥불을 돌아 더욱 가까이 왔다.

"그래. 그렇지. 유저라면 가이드 로봇을 데리고 다녀야지. 그런데 너…… 너야말로 진정 흥미로운 존재구나. 저 해적 녀석이 불완전했던 이유가 있었군. 계산을 벗어나도 한참을 벗어났어."

"묻는 말에나 대답해 주지? 티켓. 티켓에 대해 알려 달라고."

내가 소리쳤다.

"너, 너 자신에 대한 질문은 하지 않는 거냐?"

난 단호한 얼굴로 핑거스냅을 하며 소녀를 향해 외쳤다.

"뭐해? 티켓 가지고 이리 와 봐."

멍하니 우리 둘의 대화를 지켜보던 소녀가 정신을 차리고 달려왔다. 티켓을 꺼내 녀석에게 내밀었다. 녀석은 형체를 바꾸었다. 왜인지는 모르겠으나 커다란 유니콘 봉제 인형 모습이었다. 그러고는 그 귀여운 얼굴로 심각해 보이는 표정을 지었다.

"그래, 콘서트. 콘서트에 가야 하겠지. 모든 유저의 숙명이지."

"왜 그런 모습이죠? 흠, 낯설지 않은 모습인데……."

소녀는 뭔가 알듯말듯하다는 표정으로 형태변환자의 모습을 훑으며 말했다. 그러자 그가 혼잣말처럼 툭 내뱉었다.

"역시 그렇군. 그럴 수밖에 없겠지."

또 대화가 알 수 없는 방향으로 흐르자 나는 끼어들 수밖에 없었다.

"티켓의 비어 있는 숫자, 여기서 나가 콘서트로 가는 길을 알려 줄 수 있나요?"

"내가 줄 수 있는 숫자는 두 개다. 나머지는 콘서트장에서 얻게 되겠지. 여기서 나가는 방법은 나와 게임을 하면 된다."

"어떤 게임이죠?"

미니게임오픈! 비밀임무 수행!

<유니콘의 뿔에 고리를 걸어라. 2개 이상 걸면 성공.>

보상: 성공시 유니콘을 탈 것으로 얻게 된다.

게임 수락 Yes or No?

우리가 예스를 외치자마자 시스템 창이 사라지면서 동굴은 어느 놀이공원의 대형 오락실로 바뀌었다. 듣기만 해도 신나는 전자오락음이 기분을 들뜨게 했다. 소녀의 앞에는

225개의 유니콘 인형이 정사각형 나무 프레임 안에 오와 열을 맞춰 정렬해 있었다. 모두 가슴에 숫자를 새기고 있었고, 몸집에 비해 크고 긴 뿔을 가지고 있었다.

"게임을 실행하기만 해도 동굴 탈출에 성공한다니 완전 꿀인데?"

"소녀여, 오해 마라. 이 게임 시스템은 완벽한 버추얼 리얼리티를 구현한다. 넌 여전히 동굴 안에 있다. 이 게임에서 이기면 유니콘을 얻을 것이고, 그걸 타고 동굴에서 벗어나야 콘서트장으로 인도될 것이다. 시작하겠느냐?"

형태변환자의 목소리가 어딘가에서 들려왔다. 소녀가 고개를 끄덕이자 정면에 홀로그램 타이머가, 소녀 옆의 테이블에 10개의 고리가 나타났다. 타이머는 69에서부터 숫자가 줄어들기 시작했다. 소녀는 들고 있던 티켓을 나에게 맡기고 자신만만하게 고리 하나를 집어 들었다. 우리는 방해되지 않도록 뒤로 물러섰다.

"이 촉감. 언젠가 이런 게임을 해 봤던 것 같아. 어렵지 않을 거야."

"참고로 저 타이머는 탈출 가능 시한을 알려 준다. 이 동굴은 지금도 조금씩 무너지고 있다."

위를 쳐다보자 오락실 천장에 균열이 생겼다. 시멘트 가루가 유니콘들 위로 조금 떨어졌다.

"으이씨, 꿀은 무슨."

소녀는 순식 간에 고리 네 개를 던졌다. 퉁퉁퉁퉁. 모두 여지없이 튕겨 나갔다. 타이머는 55, 54로 숫자가 줄어들고 있었고 타이머 옆에 (6/10)이라는 정보창이 떴다. 소녀가 몸을 부르르 떨었다. 고개를 돌려 뒤를 보았다. 잔뜩 겁을 먹는 표정이었다.

"침착해. 시간 많아. 천천히 하나씩. 심호흡 한번 하고 다시 해 봐."

나는 안간힘을 써 평정심을 유지한 채 말했다. 소녀는 고개를 끄덕이고는 다시 앞을 보더니 심호흡을 했다. 해적은 나를 보더니 엄지를 세웠다. 그는 분명히 뭔가를 알고 있었다. 일단 콘서트장에 도착하면 물어봐야지.

소녀가 다시 고리를 던졌다. 걸리지 않았다. (5/10). 하지만 이전의 네 개보다 성공에 가까웠다. 또 하나를 던졌다. 걸리는 듯 하더니 뿔에서 한 바퀴 돌고 튕겨져 나왔다. (4/10). 그 순간 천장에서 큰 돌덩어리가 떨어졌다. 소녀 위로 떨어질지도 몰랐다. 스릉. 해적이 순식간에 검을 뽑아 뛰어오르더니 돌덩어리를 반으로 갈랐다. 돌은 소녀의 양옆으로 떨어졌다. 타이머는 26. 이제 동굴이 본격적으로 무너지기 시작했다. 해적 로봇의 검은 멈추지 않았다. 뿌연 먼지와 돌이 부서지고 깨지는 소리에 소녀가 집중하기 어려워보였다. 그러자 갑자기 내 입에서 나조차 이해할 수 없는 말이 튀어나왔다. 엄청나게 큰 소리였다.

"이 게임이 낯설지 않다고 했잖아! 넌 분명 이 게임을 해 봤을 거야. 해 봤을 뿐만 아니라 성공했던 기억이 있을 거야. 그때의 감각을 떠올려 봐."

내 말이 소녀에게 들렸는지조차 알 수 없었다. 그 사이 남은 고리는 두 개뿐이었다. 그런데 소녀의 몸에서 뭔가 변화가 일어났다. 은은한 빛이 감돌았다. 익숙한 향기, 마나 향이 났다. 위를 쳐다보자 구멍 난 오락실 천장으로 하늘이 조금 보였다.

"좋아. 마나 차단 상태에서 벗어났어. 하늘이 무너져도 솟아날 구멍은 있다더니. 검이여, 마나를 받아들여라."

해적의 검에도 은은한 빛이 감돌았다. 빛이 진해지며 검신의 길이가 길어지더니 광선검이 되었다. 소녀도 마나의 힘을 쓰기 시작했다. 소녀 주위로 공기 흐름이 바뀌어 뿌연 먼지가 걷혔고 마나의 막이 작은 돌덩이들을 튕겨 내고 있었다. 타이머 20. 소녀는 고리 두 개를 동시에 던졌고 두 고리는 소녀가 공기를 제어하자 정확히 두 개의 뿔을 향해 하강했다. 하지만 그 순간, 와르르 무너지는 소리와 함께 거대한 암석이 인형들 한가운데로 떨어졌다. 인형들은 팝콘처럼 공중으로 튀어 올랐다. 마지막 고리 두 개는 어디론가 날아가 버렸다. 나는 절망했다. 그 순간 모든 것이 느리게 보였다. 위를 올려다보니 이제까지와는 비교할 수 없을 정도로 거대한 돌덩어리들이 비처럼 쏟아지고 있었다. 몬디를 꼭 끌어안았다. 다 끝났다. 가이드 로봇으로서 소녀를 콘서트장에 데려다주지 못한다는 것이 고통스러웠다. 그래도 '소녀의 가이드 로봇'으로 생을 마감한다는 것은 괜찮은 기분이었다. 소녀가 덜 고통스럽도록 감싸 안는 것이 할 수 있는 전부였다. 해적로봇도 나와 같은 생각을 한 것 같았다. 우리는 소녀를 주저앉힌 후 얼굴을 맞대고 서로 어깨를 잡아 아치를 만들었다. 내 몸에서 마나의 힘이 피어나는 것이 느껴졌다. 제길, 이제야……. 내 등의 일부가 변형되어 보호막처럼 변하기 시작했다. 타이머 13. 소녀는 양손으로 뒤통수를 감싼 채 몸을 웅크렸다. 몬디는 소녀의 품속으로 들어갔다. 그 순간 반짝이는 것이 내 눈에 들어왔다. 소녀의 손목에 걸린, 두 개의 빛의 고리. 바람의 팔찌.

"팔찌! 팔찌를 던져!"

고개를 든 소녀가 양손에 팔찌를 쥐었다. 나와 해적 사이에 난 틈을 잠시 보더니 양팔을 교차하며 휘둘렀다. 그리고는 팔을 뻗은 채 날아가는 팔찌를 조종했다. 나와 해적 로봇은 고개를 돌려 날아가는 방향을 보았다. 공중에 부유하던 인형들 중 두 개의 인형이 눈에 들어왔다. 0번, 7번 유니콘이었다. 두 개의 뿔에 천천히 팔찌가 걸렸다. 순간 두 유니콘 인형이 빛을 발하더니 한데 뭉쳤고 몬디만큼 작은 아기 유니콘이 태어났다. 유니콘은 떨어지는 돌덩어리를 피하며 우리 쪽으로 향했다. 날아오는 동안 점점 성장해 우리 앞에 왔을 때는 늠름한 위용을 뽐냈다. 나는 소녀를 먼저 태웠다.

"가이드 로봇, 어서 타!"

해적의 말을 따라 뒤이어 내가 올라탔다. 몬디는 내 어깨 위에 매달렸다. 큰 바위가 머리 위로 낙하하자 소녀는 유니콘의 고삐를 움직였다. 나는 급히 해적의 손을 잡았다. 유니콘이 바위를 피해 날아오르기 시작했다. 타이머는 9를 표시하며 함께 날아올랐다. 유니콘이 돌 비를 유려하게 피하며 빠르게 상승했다. 하늘에서는 뇌우가 치기 시작했다. 강한 상승 기류가 동반되어 시간 내에 빠져나가는 것이 어렵지 않을 것 같았다.

타이머 6. 곧 기류가 바뀌었다. 몸이 흔들리며 허리춤에 꽂아둔 티켓이 날아가 버렸다. 얼른 손을 뻗었지만 잡히지 않았다. 안돼! 다행히 몬디가 날아가 티켓을 확보했다. 한숨 돌리는가 싶었는데, 돌덩어리들이 양쪽으로 뭉치며 거대한 암석 벽으로 변하더니 마치 악어의 아가리처럼 우리를 덮쳐왔다. 유니콘의 날갯짓이 힘겨워 보였다. 해적을 잡은 내 손아귀도 점점 힘을 잃어가고 있었다. 아래쪽을 쳐다보았다.

그는 씨익 웃고는 나머지 자유로운 손으로 허리에 찬 검집을 빼내어 내 허리에 채웠다. 그리고 그 손을 내 손등에 잠시 얹었다. 그러고는 손을 풀고 낙하하였다.

"해적 씨이이이!"

갑자기 무게가 덜어지자 소녀가 아래를 쳐다보았다. 낙하하는 그를 보고 소리를 질렀다. 그리고 급히 유니콘의 고삐를 돌리려다 힘이 빠졌는지 정신을 잃었다. 나는 한 손으로 소녀를 품에 끌어안고 나머지 손으로 고삐를 쥐어 유니콘을 하늘 높이 몰았다. 타이머 0. 아래를 내려다보았다. 암석의 아가리가 입을 거의 다물어가고 있었고, 그 중심부 암흑으로 사라져가던 해적 로봇이 오른쪽 검지로 자신을 가슴을 짚더니 나를 가리키는 게 보였다. 그의 말이 전해졌다.

– 그 검이 네게 답을 줄 거야.

<퀘스트: 진실을 추구하는 자의 고난> 종료!

보상:

- 콘서트 직행 포털 통과
- 모험가의 레벨이 개방됩니다. (레벨: 3000)
- 모험가는 '진실을 깨우는 바람의 마도사' 칭호를 획득합니다.
- 모험가가 가진 '바람의 팔찌'는 '진실의 팔찌'로 업그레이드됩니다.

- 가이드 로봇이 기사 직업을 획득합니다.
- 가이드 로봇이 얻은 '의식을 가진 검'은 '진실을 가진 검'으로 업그레이드됩니다.
- 잃어버린 모험가의 이름 『조은하』가 복원됩니다.

8

"은하야, 은하야. 일어나 봐."

포털을 통과한 지 5분 정도 지나 은하를 깨웠다. 우리는 콘서트장이 있는 도시 콘체르토가 내려다보이는 절벽 위에서 있었다. 날씨는 화창했고 모든 풍경이 아름다웠다. 콘서트장은 절벽 바로 아래에 위치해 있었다. 어마어마한 군중이 몰려들었다. 공연장은 그 인원을 전부 수용할 만한 크기였고 고풍스러움과 첨단의 느낌이 묘한 조화를 이루고 있었다. 콘서트장 마당은 축제의 장이었다. 다양한 깃발이 나부끼고, 알록달록한 풍선이 곳곳에 묶여 있었다. 볼거리, 먹거리, 체험 거리로 가득했다. 가장 사람이 많은 곳은 역시 티켓교환 부스였다. 특이한 점은 유저들이 너도나도 떠드는 모습이 풍선 안의 글자들로 보인다는 점이었다. 만나고 모여서 대화할 수 있는 도시 콘체르토로 진입하는 것은 퀘스트를 완수한 유저의 특권이었다. 완수하지 못하는 이가 거의 없다고 하지만. 은하는 내가 그랬던 것처럼 휘둥그레 눈을 뜨고 입을 벌린 채 한참을 둘러보았다.

"대박. 사람들 엄청 많아."

"모두 유저들이야. 너처럼."

"그 유저란 게 뭐야?"

"나도 잘 몰라. 퀘스트를 수행하는 모험가들이 자신을 유저라고 지칭한다는 것밖에는."

"내가 좀 유별나긴 유별난가봐. 내가 유저인 줄도 모르고, 티켓도 이미 갖고 있으니."

"유저 여러분, 유저 여러분. 10분 후 공연이 시작됩니다. 아직 티켓을 발권하지 않으신 분은 서둘러 교환 부스로 와 주시길 바랍니다!"

안내 방송이 쩌렁쩌렁 울렸다. 몬디가 티켓을 꺼내 들었다. 이제 1, 3, 0, 7 네 개의 숫자가 새겨져 있었다. 나머지 번호 두 개는 어떻게 완성될까? 티켓의 주인은 누구일까? 은하는 그 사람을 만나 일곱 땅으로 돌아가는 걸까? 그러면 나는? 게다가 유저가 콘서트장에 들어가는 것으로 이 모험은 끝난다. 출발을 앞두고 난데없는 상념이 발목을 잡았다. 갑자기 콘서트장으로 향하는 것이 주저됐다. 하지만 은하는 그럴 리 없었다.

"어서 가 보자!"

"그래, 가야겠지. 우선 저기로 가자. 해적의 말대로라면 네 티켓은 저 교환 부스에 있을 거야."

"응, 몬로. 응? 뭐라구? 근데 그게 무슨 말이야?"

"무슨 말이냐니? 이 티켓이 네가 만나야 할 누군가의 티켓이라고 했잖아. 기억 안 나?"

"아니, 그 얘기 말고. 해적이라니. 누굴 말하는 거야?"

은하는 해적을 잊은 상태였다. 아니, 은하에게 해적은 애초부터 존재하지 않았던 것 같았다. 그러고 보니 은하는 자신이 찾은 이름을 낯설지 않아 했다. 계속 그렇게 불렀던 것처럼. 내 기억이 또 뒤죽박죽된 것일까? 나는 허리에 찬 검집을 만져 보았다. 해적…… 그의 마지막 모습, 마지막 말, 그가 진실의 거울을 본 직후 나를 바라보던 눈빛이 기억났다. 그는 내게 여전히 생생했다. 이건 또 어떤 의미일까. 나는 대충 얼버무린 후 콘서트장을 향해 유니콘을 몰았다.

콘서트장에 다다르자 유니콘이 뿔과 날개를 숨겼다. 우리는 콘서트장 입구 오른편에 마련된 마구간에 유니콘을 매어 놓은 후, 티켓교환 부스로 갔다. 공연 시작이 임박해서인지 줄을 설 필요가 없었다. 은하가 부스로 가서 자기 이름을 말했다.

"어디 보자. 여기 명단에 있네요, 은하 유저님. 퀘스트 완수 축하드리고요, 늦지 않게 공연장 안으로 들어가시기 바랍니다."

안내원이 미소를 지으며, 출력한 티켓을 은하에게 건넸다. 좌석번호 여섯 자리가 전부 채워져 있었다. 은하가 티켓을 살펴보고 있는데 몬디가 '그' 티켓을 내밀었다. '뭐 잊은 거 없어?' 하는 눈빛으로. 은하는 "아차차" 하더니 몬디의 머리를 쓰다듬고는 그것을 받아 안내원에게 보여주었다.

"그리고 제가 이 티켓을 한 장 더 가지고 있는데요, 혹시 티켓을 찾으러 왔다가 받지 못한 분이 계셨을까요?"

"아뇨, 그런 분은 없었습니다. 공연 시간까지 3분 정도 남았는데 그 티켓의 주인이 나타날지도 모르겠지만, 유저님은 일단 공연장에 들어가시죠. 오프닝이 사실상 클라이막스라서요."

"그럼 혹시 이 티켓의 번호가 두 자리 비어 있는데 문제 없을까요?"

"글쎄요, 그런 경우는 없었는데 그게 일행 분의 티켓이라면 유저님의 옆자리 번호이지 않을까요?"

은하는 자신의 티켓을 보았다. SEAT No. 130722. 정말로 앞 네 자리가 같았다. 은하는 '그' 티켓을 보며 읊조렸다.

"그럼 이건 일삼공칠이일 아니면 일삼공칠이삼?"

은하가 이삼이라고 내뱉는 순간, 여섯 자리 번호가 그대로 완성됐다. 이렇게 간단히? 마지막 두 개를 채우는 추가 퀘스트를 기대했는데, 허탈한 기분마저 들었다. 은하는 주변을 둘러보았다. 사람들은 모두 이미 공연장에 들어가고 난 뒤였다. 우리는 헤어질 시간임을 깨달았다.

"안되겠다. 그 티켓은 나한테 맡기고 얼른 들어가. 널 만나기로 예정된 사람이 있다면…… 늦는 걸 거야. 나타나면 내가 알아볼 수 있겠지. 내가 들여보낼게."

"몬로, 이제 우리 여기서 헤어지는 건가?"

나는 고개를 끄덕였다. 그게 가이드 로봇의 임무였으니까. 은하가 나를 와락 끌어안았다.

"몬로, 고마워."

"나도. 늦겠어. 어서 가 봐."

고개를 끄덕인 은하는 팔찌에 바람을 일으켜 순식간에 공연장 입구에 다다랐다. 뒤를 돌아 나에게 손을 한 번 크게 흔들고는 공연장 안으로 사라졌다. 그러자 띠링 하는 소리와 함께 시스템 창이 눈앞에 나타났다.

가이드로봇 몬로의 '여행의 동반자' 퀘스트가 종료되었습니다.

종료라. 뒤를 돌아 콘서트장 입구로 향했다. 이제 나는 어떻게 될까?

몬디가 내 얼굴 앞으로 날아와 팔을 바둥거려 얼굴을 문질렀다.

"몬도, 몬도."

"몬디, 왜 그래? 간지러."

"눔무, 눔무."

"뭐? 눈물? 에이, 로봇은 눈물을 흘리지 않아."

나는 손으로 뺨을 쓸어보았다. 촉촉했다. 손을 떼어 바라보았다. 엄지로 중지와 검지를 쓸어보았다. 물기가 제법 묻어 있었다. 슈우우욱 쾅쾅! 폭죽 터지는 소리와 함께 화려한 불꽃놀이가 내 손가락 위에서 아른거렸다. 일렉트릭 기타 소리와 함께 화려한 공연이 시작되었다.

9

'끝내 이 티켓의 주인은 나타나지 않는구나. 혹시 그와 새로운 여정을 시작하는 것 아닐까 기대했는데……' 하고 생각할 즈음이었다. 하늘이 검게 변하고 천둥번개가 치기 시작했다. 뒤를 돌아보았다. 콘서트장 위에 거대한 소용돌이가 꿈틀거리고 있었다. 공연의 일부인가? 나는 티켓교환 부스로 달려갔다. 안내원에게 무슨 일인지 물으려 했는데, 그는 흉측한 요괴로 변해 있었다. 콘서트장 앞을 둘러보았다. 풍선을 팔던 드워프, 아이스크림을 팔던 앤트, 마술쇼를 보여주던 엘프 모두 요괴로 변해 있었다. 그들은 좀비처럼 비틀거리며 공연장으로 걸어갔다. 그 순간, 사람들의 비명이 들려왔다. 그 사이에서 은하의 비명이 정확히 들렸다. '공연장에 무슨 일이 생긴 것이 틀림없어.' 나는 곧바로 마구간으로 달려갔다. 유니콘 또한 무언가를 직감했는지 뿔로 줄을 자르고 날개를 펼치고 있었다. 녀석의 고삐를 낚아채 등에 올라탔다. 우리는 바로 날아올랐다. 어마어마한 속도였다. 공포를 느낄 만도 했지만 이상하리만치 편안했다. 제자리를 찾은 것처럼.

공연장 외벽을 넘어 안을 들여다보자 장관이 펼쳐져 있었다. 무대가 있었을 한가운데는 거대 괴물의 아가리로 변해 있었다. 수천 개의 이빨과 끝을 알 수 없는 어둠이 공연장을 빨아들이고 있었다. 주위를 빙 둘러싼 수백의 버터들이 관객석 펜스와 자신의 한쪽 발목에 쇠사슬을 걸어 제 몸을 고정한 채, 괴물의 아가리 가장자리에 쇠갈고리를 걸어 닫히지 않도록 단단히 붙잡고 있었다. 그리고 사람들 대부분 무언가에 홀린 듯 스스로 객석 아래로 걸어가고 있었다. 아직 의식을 잃지 않은 사람들 사이에 은하가 있었다. 은하는 팔찌를 이용해 바람의 힘을 불러내 버티는 동시에 펜던트의 힘으로 사람들을 깨우고 있었다. 그러나 역부족이었다. 나는 그것을 내려다보며 자연스럽게 검을 뽑아 들었다. 그리고 유니콘의 포효와 함께 낙하했다. 검을 쥔 손을 통해 마나가 밀려 들어왔다.

진실을 가진 검에 의해 진실이 개방됩니다.

진실은 마나 코어에 저장됩니다.

나는 연구실로 달려갔다. PC앞에 앉아 출입문 개폐 시스템을 해킹했다. 요원들이 접근하지 못하도록 프로그램을 파괴했다. 그들이 내 계획을 눈치챈 것이 틀림없다. 전부는 아니겠지만. 나는 이제 이곳에 갇힌 것이나 다름없다. 상관없었다. 돌아갈 곳도 없으니까.

컨티뉴X 체험단 선정 프로그램을 실행했다. 감마 9의 선정 대상 추출 알고리즘을 바꿨다. 100퍼센트 확실한 것은 아니지만 은하가 선정될 가능성은 매우 높았다. 은하는 분명 아바타 생성 단계에서 낙오될 것이다. 그 아이는 자신을 어떤 틀로 규정하기를 거부하는 아이였으니까. 하지만 내가 코드를 수정한 '사용자 설정 낙오자 폐기 프로그램' 속에서 히든 버그를 만나 완전한 자신의 아바타를 생성해서 다른 낙오자들을 구하고 컨티뉴스에 입장할 것이다. 나아가 컨티뉴X의 세계에서 다른 이들을 구할 것이다. 어릴 때부터 그런 아이였다. 아이답지 않은 공명심 또는 오지랖.

연구실 가운데 설치된 캡슐을 오픈해 몸을 밀어 넣었다. 캡슐과 연결된 전자극 센서가 붙은 헤드기어를 썼다. 캡슐이 자동으로 닫혔다. 내가 제일 좋아하는 영화 〈캐리비안의 해적〉 OST 메인 테마가 플레이됐다. 그래, 출정이다. 전면부에 달린 창으로 요원들이 연구실을 열려고 애쓰는 모습이 보였다. 바보 같은 놈들. 그들의 모자에 붙은 달걀 모양의 연구센터 로고가 눈에 들어왔다.

전기 자극이 느껴지기 시작했다. 다시 깨어날 수 없을지도 모른다. 아마도 그럴 것이다. 몰래 심은 히든 버그를 보완하려고 내 의식 자체를 이식하는 것이니. 그렇다면, 나는 죽는 것인가. 그건 두렵지 않다. 실패하면 아무 의미가 없어지는 것이 두려울 뿐. 단지, 후회가 밀려온다. 처음부터 컨티뉴의 제안을 받지 말았어야 했는데……. 그저 새롭고 재밌는 걸 개발하고 싶은 욕심에 잘못된 선택을 하고 말았다. 지난날의 조각들이 주마등처럼 스쳐 지나간다. 어릴 때 은하와 신나게 놀던 기억, 일하느라 매번 약속을 어겨 은하가 화를 내던 모습, 말 붙이기 어색할 만큼 멀어져 버린 중학생 시절의 은하. 결국 이혼당해 집을 떠나던 날, 작별 인사조차 나누지 못 했다. 돌아갈 기회가 없었던 것은 아니다. 하지만 내가 의뢰받아 설계한 사용자 설정 시스템이 '유저들의 숙주화' 계획의 중요한 열쇠였다는 걸 알게 되었을 때, 포기해야 했다. 떳떳함을 되찾은 후에 돌아가고 싶었는데…….

졸음이 밀려온다. 눈이 서서히 감긴다. 힘겹게 눈동자를 굴렸다. PC 위에 걸린 그림 액자가 보였다. 은하가 여섯 살 때 그린 로봇, 몬로. 은하는 몬로를 기억할까? 이 계획이 성공하면 사용자 설정 단계에서 이탈된 유저들이 영원한 숙주가 되는 일은 일어나지 않을 것이다. 게임 밖에서조차 컨티뉴의 좀비로 살아가게 되는 그런 일은 절대로 없을 거야. 누군가 그들을 구원한다면. 그런 일이 일어나기 딱 좋은 음악이네. 바라밤빰 빠라밤빰 빠라 밤 빰 빠라 밤.

10

빠라밤빰 빠라밤빰 빠라 밤 빰 빠라밤. 빰! 빰! 빰빰빰 빠밤! 빰 빰 빰빰빰빰!

천둥 번개가 치고 괴물이 포효해도 BGM이 그 사이를 뚫고 나왔다. 좀비가 된 사람들이 객석 아래 가장자리에 몰려 있었다. 잠시 후면 수만 명이 한꺼번에 괴물의 아가리로 뛰어들 판이었다. 은하가 낙하하는 나를 발견했다.

"몬로! 검!"

나는 마나의 힘을 최대한 주입한 후 검을 던졌다. 검신이 길어지며 푸른 광선검으로 바뀌었다. 은하는 한 팔을 내밀어 자신을 향해 날아오는 검의 속도를 늦추면서 다른 손으로 유리병 펜던트를 쥐어 깨뜨린 후, 일곱 땅의 흙을 검신에 뿌렸다. 검신이 일곱 빛깔의 무지개 빛으로 휘감기며 은하의 눈앞에서 부유했다. 은하는 양팔로 검을 제어해 하늘의 검을 소용돌이 한가운데에 자리 잡게 했다. 검 끝은 괴물의 아가리를 향해 있었다. 번개가 칠 때마다 검이 피뢰침처럼 그것을 흡수했다. 검신은 점점 거대해졌다. 공연장을 반으로 쪼개버릴 수도 있을 만큼. 그리고 점점 검 끝이 요동치기 시작했다. 은하의 양팔이 덩달아 부들부들 떨렸다. 버거워하는 것이 느껴졌다. 나는 유니콘에서 뛰어내려 은하의 등에 손을 짚었다. 오래전 그네를 밀어 주던 기억이 났다. 울컥했지만 추억에 빠져 있을 여유는 없었다. 남은 마나를 모조리 긁어모아 은하에게 흘려보냈다. 그래도 부족했다. 더 남은 것이 없을까? 있었다. 마나 코어에 담긴 힘. 그런데 이것마저 보내면……. 그래도 보낼 수밖에 없다. 그게 이 아이를 위한 최선이다.

코어의 힘을 부쉈다. 진실 또한 조각나기 시작했다. 그 사이로 마나가 폭주했다. 온힘을 다해 그 힘을 다스렸다. 마나의 힘은 또렷해졌고 진실은 희미해져 갔다. 곧장 그 힘을 은하에게 흘렸다. 잠시 나른해지더니, 무언가…… 사라졌다는 기분. 뭐지? 뭘 잃어버린 거지? 눈물이 차올랐다. 그래서일까? 거대한 검이 흔들림 없이 낙하하는 모습이 눈부시게 찬란했다. 행복했다. 나는 곧 정신을 잃었다.

11

"몬로, 몬로. 정신 차려. 일어나 봐."

뺨에 따스한 온기를 느끼며 깨어났다. 은하가 내 뺨을 톡톡 건드리고 있었다. 우리는 객석에 앉아 있었다. 내가 은하의 어깨에 기대 꽤 잠을 잔 모양이다. 둘러보니 객석에서 사람들이 빠져나가고 있는 중이었다. 모두 즐거운 표정들이다.

"다 끝난 건가?"

"그래, 네가 준 마지막 힘 덕분이야. 콘서트 괴물을 처치하는 게 마지막 퀘스트였나 봐."

"어떻게 된 거지?"

"그 거대한 검이 괴물 아가리로 처박히더니 빛 폭발이 막 이렇게…… 그러더니 그 갈고리 건 녀석들은 가루가 되고 사람들은 언제 그랬냐는 듯 제자리에 앉아 공연을 즐기고 있더라고. 넌 하필 그 중요한 순간에 기절해서……. 나랑 몬디가 여기까지 끌고 오느라고 얼마나 애먹었는 줄 알아? 좀 무거워야지."

은하는 온갖 몸짓을 과장스럽게 하면서 내가 정신을 잃은 이후의 이야기를 펼쳐냈다. 그 모습이 즐거워 보였다. 자신감이 꽉 찬 듯했다. 사랑스러웠다. 내가 줄곧 가져왔던 공허함도 사라져 있었다. 더 이상 내가 누구인지는 중요하지 않았다. 이 아이를 사랑하게 되었다는 것, 그거면 됐다. 가뿐한 기분으로 물었다.

"넌 이제 일곱 땅으로 돌아가야겠지?"

"그래야지. 몬로, 너도 같이 갈래? 물론 몬디도."

"그래도 될까?"

"그럼. 너도 일곱 땅을 무지 좋아하게 될걸?"

우리는 자리에서 일어났다. 자리를 보니 좌석번호가 보였다. 티켓이 생각났다. 결국 그 티켓의 주인은 나타나지 않았나보구나. 어쩌면 은하의 진실을 알려 줄 사람인지도 모르는데. 은하가 내 생각을 엿보기라도 한 듯 말을 꺼냈다.

"있잖아, 몬로. 생각해 봤는데 그 티켓 주인. 아무래도 너인 것 같아. 그럼 진짜 대박인데."

"뭐? 나? 말도 안 돼. 난 가이드일 뿐이라고. 티켓은 모험가, 유저의 특권이고."

"글쎄, 꼭 그러란 법 있나? 어쩌면 이 세상의 실수인지도 모르지. 어쩌면 의도이거나. 그냥 너인 걸로 하자. 하는 거다? 반가워, 드디어 만났어."

은하는 나를 원래 알았던 것처럼, 그러나 아주 오랜만에 만난 것처럼 반가워하며 힘껏 껴안았다. 가슴 한구석이 뜨거워졌다. 우리는 손을 잡고 공연장 밖으로 나갔다. 다시 축제의 장이 펼쳐져 있었다. 눈에 띄는 점은 사람들 앞에 각자의 포털이 열리고 거기서 나오는 섬광에 휩싸여 어디론가 떠난다는 것이었다. 아니나 다를까. 우리 앞에도 각각 포털이 열렸다. 일곱 땅으로 가는 포털일까? 그런데 내 앞에 열린 포털은 어딘지 모르게 불안했다. 깜빡거리기도 하고 비틀리기도 하고. 역시 여정이 끝난 후에는 다른 유저를 만나야 하는 걸까?

유일 퀘스트 승리자에게 보상을 선사합니다.
새로운 여정에 앞서 플레이어 1의 지위와 함께,
플레이어 2를 초대할 수 있는 권한을 드립니다.
초대하시겠습니까? 플레이어 2 선택은 자유입니다.
초대하신다면 플레이어 1과 선택할 플레이어 2의
이름을 입력해주시기 바랍니다.

은하는 시스템 창의 플레이어 2 입력창에 내 이름을 입력하다가 멈추더니 플레이어 1에 내 이름을 넣었다. 몬로(+몬디). 그리고 자신의 이름을 플레이어 2에 넣은 후 말했다.

"얼른 자리 바꿔. 왠지 난 2P가 좋네."

은하의 손에 이끌려 자리를 바꾸었다. 두 개의 포털이 선명한 빛을 뿜어내기 시작했다. 각각 가운데에 Player 1, Player 2라는 글자가 떠 있었다. 우리는 서로를 보았다. 잠시 후 은하가 고개를 갸우뚱하더니 말했다.

"어? 몬로, 너 목에 점 있어. 두 개. 왜 이제야 봤지? 근데 점이 좀 웃기게 생겼다. 뭐야, 숫잔가? 너무 작은데? 하나는 2고, 다른 건 3?"

그 순간 우리는 빛 속으로 사라졌다. 웃음이 나왔다.

다시 만나게 될 것을 알았기에.

데드 앤드 언데드

정명섭

"으윽!"

정신을 차리자마자 신음부터 나왔다. 눈을 뜨니 모든 게 거꾸로 보였다. 상황을 파악하려고 눈을 부릅뜨자 일렁거리는 불길이 보였다. 위에서부터 아래로 치솟는 불길을 보며 그제야 뒤집힌 자동차의 안전벨트 때문에 거꾸로 매달려 있다는 걸 알아차렸다. 떨리는 손으로 안전벨트의 버클을 풀자 몸이 아래로 떨어졌다. 다행히 차의 유리창들이 모두 깨져 있어서 밖으로 기어나올 수 있었다. 바깥으로 나오자마자 바닥에 누웠다. 어찌된 일인지 기억이 잘 나지 않지만 자동차를 타고 어디론가 가다가 사고가 났다는 것은 알 수 있었다. 머리가 지끈거리는 건 물론이고 팔 다리도 욱신거렸다. 그렇게 누워 있는데 어스름한 세상 어디선가에서 괴성이 들렸다. 짐승이 내는 소리 같지는 않았지만 사람이 내는 것 같지도 않았다. 고개를 들고 주변을 살폈다. 길게 뻗은 도로가 보였고, 그 옆으로 내가 타고 있던 붉은 색 자동차가 뒤집혀진 게 보였다. 불은 도로를 따라 심어진 가로수 몇 그루에서 나고 있는 중이었다.

"대체 어떻게 된 거야?"

내가 누구고, 어디로 가는 것인지 도통 알 수 없었다. 확실한 건 괴성이 들려오는 세상이 정상이 아니라는 것이다. 잠시 시간이 흐르자 몸을 일으킬 정도의 기운이 모였다. 힘겹게 몸을 일으키는데 뒤집혀진 자동차 쪽에서 누군가가 도로 쪽으로 기어가는 게 보였다. 같은 차에 타고 있던 생존자일지 모른다는 생각에 소리를 쳤다.

"여기에요. 여기!"

기어가던 상대방이 고개를 돌렸다. 그런데 멀쩡한 얼굴이 아니었다.

"뭐, 뭐야!"

얼굴 가죽이 거의 벗겨진 데다가 충혈된 눈은 핏방울처럼 보였다. 거기다 몸 역시 뼈가 드러나 있었다. 결정적인 것은 바로 목소리였다. 사람이긴 했지만 말 대신 크르륵거리는 소리만 냈다. 아까 차 안에서 들었던 바로 그 목소리였다. 머리를 짐승처럼 두리번거리던 상대방은 소리를 낸 나를 발견했는지 도마뱀처럼 빠르게 기어왔다. 놀란 나는 몸을 일으키려고 했지만 그대로 넘어지고 말았다. 그 사이, 상대방은 코앞까지 다가왔다. 급한 대로 손에 잡히는 돌을 집어던졌지만 개의치 않고 기어왔다. 겨우 몸을 일으킨 나는 갑자기 귓가에 들리는 낯선 음성에 깜짝 놀라고 말았다.

현재 무장, 46형 리볼버, 남은 탄약 4발.

"무슨 소리야?"

그뿐만이 아니었다. 시선의 왼쪽 위에 리볼버와 탄약 4발이 표시됐다. 아래쪽에는 마치 레이더의 원 같은 게 보였는데 가운데 있는 녹색 점을 향해 검은 점이 다가가는 게 보였다.

"가운데가 나야? 검은 점이 저 기어오는 놈이고?"

혼잣말처럼 중얼거리는 와중에도 상대방은 계속 위협적인 소리를 내면서 기어왔다. 나는 뒷걸음질로 물러나면서 소리쳤다.

"무기! 무기는 대체 어디 있는 거야?"

그때, 마치 마술처럼 손에 리볼버 권총이 쥐어졌다. 얼떨떨했지만 생각할 틈이 없었다. 가까이 다가온 상대방을 향해 미친 듯이 방아쇠를 당겼다. 순식간에 네 발이 모두 발사됐고, 가까이 다가오던 상대방의 머리가 터져 버렸다. 정확하게는 장작 쪼개지듯 갈라졌는데 놀랍게도 죽지 않고 바닥에서 꿈틀거렸다. 더 이상 총알이 나가지 않음에도 불구하고 방아쇠를 계속 당기다가 겨우 정신을 차렸다. 상대방의 정체와 내가 왜 여기 있는지 깨달았기 때문이다.

"이거, 좀비 FPS 게임 '데드 앤드 언데드 2'잖아. 그럼 내가 주인공인가?"

이게 어떻게 된 상황인지 깨닫게 되자 소름이 밀려왔다.

"어떤 단계지? 하드 단계면 진짜 오래 못 버티는데?"

불길한 예상이 맞아떨어졌는지 사방에서 좀비 특유의 울음소리가 들렸다. 게임할 때도 이 울음소리가 들리고 나면 좀비들이 쳐들어왔다. 왜 게임 안에 들어와서 이 난리를 피우는지는 몰랐지만 일단 피하기로 했다. 게임에서 좀비한테 잡히면 물리는 게 아니라 목이 꺾이고 팔다리가 찢어졌기 때문이다. 물론 게임이긴 했지만 실제로 들어와 버렸으니 여기서 죽으면 어떻게 될지 몰랐다.

"일단 튀어야겠어."

피할 곳을 찾으려고 주변을 돌아봤다. 곧게 뻗은 도로 끝자락에 지붕이 뾰족한 목조 주택이 몇 개 보였다. 게임을 밥 먹듯이 했던 나는 그게 뭔지 대략 알아차렸다.

"거점이네."

거점은 집이나 건물을 가리키는 말로 무기도 찾고, 탄약이나 식량을 구할 수 있는 곳이다. 운이 좋으면 같이 싸울 동료를 얻을 수 있는 곳이기도 했다. 가지고 있는 건 리볼버 한 자루에 총알도 없는 상태라서 일단 몸을 숨길 장소도 찾아야만 했다. 비틀거리며 그곳으로 뛰기 시작했다. 그러면서 데드 앤드 언데드 1편의 내용을 떠올렸다.

"그때는 창고에 처박혀서 보름을 버텼는데……."

무슨 창고에 소총과 기관총, 거기다 수류탄까지 있어서 겨우 버텼다. 그리고 버려진 차를 찾아서 탈출했다가 사고가 났다. 딱 '데드 앤드 언데드 2편 : 새로운 희망'의 시작점이었다. 매번 모니터로만 보다가 직접 들어와서 겪어보니까 느낌이 장난이 아니었다. 뭔가 탄 것 같은 매캐한 냄새부터 어스름한 주변 풍경은 어둠이 깔린 밤보다 더 무서웠다. 거기다 주변에서 계속 좀비들의 울음소리가 들렸다. 몸을 바짝 낮추고 목조 건물들을 향해 뛰었다. 숨이 점점 차올랐지만 멈출 수 없었다.

"젠장, 게임에서는 버튼을 누르기만 하면 됐는데."

숨이 턱까지 찰 무렵, 겨우 목조 건물에 도착했다. 모두 세 채였는데 하나는 사람이 사는 집 같았고, 나머지 두 개는 창고랑 마구간 같았다. 사람이 사는 집으로 가려고 하다가 멈칫했다.

"잠깐, 영화 같은 걸 보면 저런 데 꼭 좀비가 숨어 있잖아."

발길을 멈춘 나는 바로 옆에 있는 마구간으로 들어갔다.

널빤지로 만든 문을 열자 삐걱거리는 소리와 함께 안쪽이 보였다. 뭐가 튀어나와도 이상하지 않을 정도로 어두워서 들어가지 않고 잠시 동태를 살폈다. 혹시나 해서 발밑에 있는 돌을 집어 안으로 던져봤다. 아무 이상이 없어서 안으로 들어가 문을 닫았다. 양쪽으로 말이나 소가 들어가는 공간이 보였고, 사다리로 올라갈 수 있는 2층이 보였다. 소나 말 같은 것은 보이지 않았고, 대신 퀴퀴한 냄새를 풍기는 짚더미와 손수레, 그리고 나무 상자와 널빤지 같은 것들이 널브러져 있었다.

좀비가 나타나자 사람들이 급히 대피하느라 버려진 것 같았다. 구석에는 마구간과 어울리지 않는 긴 전신 거울이 서 있었다. 그 앞에 서니 내 모습이 보였다. 금발머리와 턱수염이 있고 살짝 배가 나온 백인이었다. 체크무늬 셔츠에 회색 바지 차림이었다. 셔츠에는 피와 흙이 잔뜩 묻어 있었고, 얼굴의 한쪽 뺨에도 피가 묻은 상처가 보였다. 손바닥도 갈라져서 피와 진물이 나오면서 쓰라렸다. 눈으로 보이는 시야 한쪽에는 체력 게이지 같은 게 보였는데 90퍼센트를 찍었다.

“젠장, 게임에서 90퍼센트면 나쁘지 않은 건데.”

화면으로 보는 것과 그 안에 들어가서 하는 것과는 하늘과 땅 차이라는 게 느껴졌다. 그러면서 대체 어떻게 게임 속으로 들어오게 되었는지 궁금했다.

“웹 소설 같은 거 보면 자기가 읽던 책이나 쓰던 이야기 안으로 들어가던데 말이야.”

일단 어두워지기 시작했으니까 날이 밝을 때까지 좀 쉬기로 했다. 냄새가 많이 나긴 했지만 밖에 있다가 좀비에게 물리는 것보다는 백배 나았기 때문이다. 쉴 만한 곳을 찾다가 뜻밖의 물건을 발견했다. 붉은색 상자였는데 너무 눈에 잘 띄었다. 상자를 살짝 들어서 흔들어 보니 동전 같은 게 굴러가는 소리가 들렸다.

“뭐지?”

상자 안에 있는 것은 내가 가지고 있던 리볼버 권총에 사용할 수 있는 탄환들이었다. 대충 세어 보니 열 발이 넘었다. 그러자 아까도 들린 음성이 들렸다.

46형 리볼버 탄환 19발 획득.

그러면서 시선 왼쪽 위에 있던 0이라는 숫자가 19로 바뀌었다. 속으로 개꿀이라고 외치면서 재빨리 탄환을 장전했다. 그리고 혹시 몰라서 마구간을 더 뒤져 보기로 했다. 많이 어두워진 편이라서 손과 발로 더듬고 밟아 가면서 찾았다. 입구 부근에서 기둥에 기대 있는 전기톱을 찾아냈고, 2층으로 올라가는 사다리 아래에서는 글록 자동 권총과 탄창 하나를 찾았다. 권총을 들자 글록 자동권총과 탄환 34발 획득이라는 음성이 들리고 시선 왼쪽에 글록 로고와 17이라는 숫자가 보였다.

"탄창 하나에 17발씩 들어 있나 보군."

그때 게임의 다음 내용이 떠올라 주변을 돌아봤다. 해가 저물어 가고 있었고, 어둠이 찾아오는 중이었다.

"아침까지 버텨야 하는 게 첫 번째 미션이었지."

좀비들이 뱀파이어도 아닌데 왜 아침까지 기다려야 하는지 의문을 품을 틈도 없이 마구간 밖에서 좀비들이 으르렁거리는 소리가 들려왔다.

"아이고."

일단 문으로 달려가서 빗장 같은 걸 채우려고 했지만 그딴 건 눈에 띄지도 않았다. 대신 짚을 옮길 때 쓰는 쇠스랑과 곰을 잡을 때 쓰는 곰덫이 두 개 보였다. 심지어 곰덫은 턱이 열려 있어서 바로 쓸 수 있었다.

"이딴 게 왜 여기 있는 거야?"

문 밖에서 좀비들이 우는 소리가 조금 더 가까이서 들렸다. 서둘러 문을 닫고, 쇠스랑과 곰덫을 질질 끌고 사다리 근처까지 물러났다.

"2층으로 올라갈까?"

하지만 먼저 올라갔다가 좀비들이 기둥이라도 무너뜨리면

속수무책으로 당하는 수밖에는 없었다.

"일단 여기서 버텨야겠어."

급한 대로 손수레와 나무 상자로 바리케이트를 쳤다. 곰덫은 바리케이트 앞쪽에 가져다놨다. 바리케이트로 쌓은 나무 상자 위에 글록을 올려놓고, 리볼버와 총알은 뒷주머니에 넣고, 전기톱과 쇠스랑은 손을 뻗으면 닿는 기둥 옆에 세워 놨다. 잠시 후, 삐걱거리는 소리와 함께 마구간의 문이 열리면서 좀비들이 나타났다. 다행히 영화나 드라마처럼 쏜살같이 달려오거나 감당하기 어려울 정도로 밀려오지는 않았다. 글록 권총을 신중하게 겨눴다.

"좀비는 역시 헤드샷이지."

어두운 데다가 마구간 안이라서 다가오는 좀비들이 잘 보이지 않았다. 다행스럽게도 밖에서 타는 불길 덕분에 어느 정도 알아볼 수 있었다. 제일 먼저 노란색 셔츠 차림의 뚱뚱한 백인 남성 좀비가 나타났다. 그 옆에 청바지와 니트를 입은 키 큰 흑인 좀비가 나타났고, 그 뒤로는 한 손에 후라이팬을 든 파마머리 백인 중년 여성 좀비가 모습을 드러냈다. 가장 먼저 다가오는 노란 셔츠 좀비의 머리에 글록 자동권총을 겨누고 신중하게 방아쇠를 당겼다. 메마른 총소리가 마구간에 울려 퍼졌다. 노란 셔츠 좀비의 목이 확 꺾이기는 했지만 멀쩡하게 서서 걸어왔다.

"뭐야? 분명이 머리를 맞췄는데! 버그 아냐? 버그!"

그 사이, 좀비들은 더 가까이 다가왔다. 겁에 질려서 마구 방아쇠를 당겼다. 다섯 발인가 여섯 발을 맞고 나서야 노란 셔츠 좀비는 풀썩 쓰러졌다. 숨 돌릴 틈 없이 뒤따라 오는 남은 좀비 둘을 처리했다. 그러면서 글록 자동권총의 첫 번째 탄창이 바닥났다.

"벌써?"

숨돌릴 여유가 생기자 후회가 밀려왔다. 좀비들이 언제까지 몰려올 줄 모르는 데 귀한 총알을 고작 세 마리를 잡으려고 쏴 버린 것이다.

"침착하게 쏴야겠어. 안 그러면 탄약이 금방 바닥나고 말 거야."

빈 탄창을 떨어뜨리고 하나밖에 안 남은 탄창을 끼운 다음 슬라이드를 전진시키자 다른 좀비들이 보였다. 이번에는 홀쭉한 대머리와 안경을 쓴 남자 좀비들이었다. 안경 쓴 좀비는 다리를 다쳤는지 한쪽 발을 질질 끌면서 다가왔다. 이번에도 머리를 겨눠서 첫 발을 쐈다. 정확하게 이마를 겨냥했지만 총알은 목에 박혔다.

"젠장! 총이 문제였어."

다시 신중하게 조준해서 이마를 맞췄지만 두 발이나 명중시킨 다음에야 쓰러졌다. 그 다음 안경 쓴 좀비도 두 발을 머리에 맞고 쓰러졌다.

"이런, 두 놈을 쓰러뜨리는 데 다섯 발이나 썼네."

이제 남은 건 열두 발이었다. 한숨 돌리는데 좀비가 나타났다. 아무래도 총소리를 듣고 나타난 것 같았다. 총을 겨눴다가 다시 내렸다. 이번에는 하나뿐인 데다가 체구도 작은 청소년 좀비였기 때문이다. 총을 바닥에 내려놓고, 쇠스랑을 들었다. 전기톱도 있긴 했지만 소리가 날 수 있는 데다가 너무 처참할 거 같아서 쓸 생각을 하지 못했다. 그 사이에 청소년 좀비는 바리케이트 바로 앞까지 다가왔다. 막상 쇠스랑을 쓰기로 했지만 마음에 걸리는 건 전기톱과 마찬가지였다. 그런데 다가오던 청소년 좀비가 그만 곰덫을 밟고 말았다. 그러자 청소년 좀비는 동네가 떠나가라 괴성을 질렀다. 총성과는 비교가 안 될 정도로 큰 소리가 나는 바람에 당황하고 말았다.

"생각도 못했네. 저건."

서둘러 땅에 내려놓은 총을 집어 들고 발사했다. 세 발이나 맞은 다음에야 잠잠해졌다. 다행히 근처의 좀비들이 딴 일에 열중했든지 아니면 귀가 약해졌는지 곧바로 쳐들어오지는 않았다. 한숨 돌리긴 했지만 일이 어떻게 돌아가는지 알 수 없는 상황이라 더욱 불안했다.

"게임을 할 때는 이러지 않았는데."

좀비들을 없애지 못해서 죽으면 짜증이 나긴 했지만 그냥 다음 판을 하면 그만이었다. 하지만 지금은 게임인지 구분이 안 될 정도로 현실감이 넘쳐서 죽으면 리셋이 아니라 진짜로 죽을 것만 같았다. 피통이 주는 정도가 아니라 진짜로 죽거나 다칠 수 있는 상황일지 모른다는 생각에 턱이 마구 떨렸다. 다행히 싸울 수 있는 무기가 있어서 조금 안심이 되었다. 어느 정도 시간이 흘렀지만 바깥에서 들려오는 좀비의 괴성은 멈추지 않았다.

"제발 이대로 날이 밝았으면 좋겠는데."

여전히 좀비가 돌아다니겠지만 환한 낮에는 먼저 보고 피할 수 있다는 장점이 있기 때문이다. 현실과 게임이 마구 뒤엉켜 있어 뭐가 맞는 건지 알 수 없지만 일단 살아남아야만 했다.

"그래야 내가 왜 여기에 있는지 알 수 있을 거 아니겠어?"

그렇게 결의를 다지는데 입구 쪽에서도 또 다시 소리가 들렸다. 그림자가 한둘이 아닌 것을 본 나는 뒷주머니에 넣어 둔 리볼버도 꺼냈다.

"하나, 둘, 셋, 넷, 다섯, 여섯!"

여섯까지 세고 포기했다. 그 뒤로 더 많이 보였기 때문이다. 일단 글록을 들고 가까이 다가온 좀비들에게 쏘기 시작했다. 아홉 발 남은 글록으로 좀비 셋을 쓰러뜨렸다. 빈총을 버리고 리볼버를 들었다. 글록보다 탄환의 크기가 커서 그런지 한 발만으로도 제압할 수 있었다. 하지만 리볼버 권총의 탄환도 19발뿐이라서 아껴서 사용해야 했다. 거기다 결정적인 약점이 있었다. 실린더에 장전되는 탄환이 여섯 발뿐이라서 금방 비어 버리고 마는 것이다.

"젠장."

황급히 주머니에서 탄환을 꺼내 장전하려고 했지만 탄창을 갈아 끼우면 되는 자동권총과 달리 실린더에 한 발씩 끼워야 해서 시간이 오래 걸렸다. 그러는 사이, 허술한 바리케이트는 좀비들에 의해 삽시간에 무너지고 말았다. 겨우 장전을 완료한 리볼버로 가까이 다가온 좀비부터 한 방씩 먹이기 시작했다. 그나마 가까운 곳에서 쏜 덕분에 빗나간 탄환이 없었고, 앞의 좀비를 관통한 탄환에 뒤에 있는 좀비가 맞고 쓰러지기도 했다. 그렇게 여섯 발을 다 쏘자 주변에 있던 좀비들이 없어지고 하나만 남았다. 양복차림의 흑인 좀비였는데 눈동자가 새에게 파 먹혔는지 보이지 않았다. 그래서 계속 나를 찾지 못하고 빙빙 돌기만 했다. 아마 총소리를 듣고 들어왔을 것이다. 슬그머니 옆에 있던 쇠스랑을 집었다. 그리고 눈을 딱 감고 머리를 겨냥해서 찔렀다. 푹하는 소리와 함께 쇠스랑이 머리를 꿰뚫었다. 쇠스랑을 놓자 좀비는 그대로 뒤로 넘어졌다. 급한 불을 끄기는 했지만 아직 아침이 찾아오려면 멀었다.

"일단 문부터 닫아야겠어."

서둘러 뛰어가서 문을 닫았지만 빗장이 없는 상태라 좀비가 밀치면 금방 열릴 수밖에 없었다.

"어쩌지?"

이리저리 살펴보던 내 눈에 마지막에 쓴 쇠스랑이 보였다. 머리가 꿰뚫린 좀비가 쓰러지면서 쇠스랑은 우뚝 서 있었다. 한 걸음에 달려가 쇠스랑을 뽑아서 빗장처럼 채웠다. 조금 나았지만 이걸로도 부족해 보였다. 아까 만든 바리케이트는 좀비들이 밀치면 그냥 밀려나는 수준이었다. 그러다가 바닥에 쓰러진 좀비들이 보였다. 끔찍하다는 생각이 들었지만 그런 걸 따질 상황은 아니었다. 방금 쇠스랑을 뽑은 좀비를 시작으로 하나씩 질질 끌고 와서 마구간의 문 앞에 쌓았다. 마침, 밖에서 안으로 밀게 되어 있어서 어느 정도는 막아 주는 역할을 할 것 같았다. 마지막으로 파마머리를 한 중년 여성 좀비를 굴려서 막았다. 지칠 대로 지쳤지만 그나마 한숨 돌릴 수 있다는 생각이 피로감이 가셨다. 시선의 한쪽 구석에 보이는 체력게이지는 68로 떨어져 있었다.

"일단 좀 쉬어야겠어."

사다리 옆에 있는 기둥에 기댄 채 리볼버 권총의 실린더에 탄환을 끼웠다. 열두 발을 사용해서 이제 일곱 발이 남았고,

실린더에 여섯 발을 끼우자 한 발이 남았다. 남은 탄환 한 발을 주머니에 넣으며 중얼거렸다.

"큰일 났네."

일단 휴식을 취하기로 했다. 기억하기로는 게임을 하면서 식량을 구하거나 잠을 자면 체력 게이지가 올라갔다. 하지만 지금은 먹을 걸 구하거나 잠을 잘 수는 없었다.

"이래서 게임에서 동료를 구하는 거였구나."

일단 좀 쉬고 동료부터 구해야겠다는 생각을 하는데 눈꺼풀이 무거워졌다. 긴장이 풀리면서 피곤이 몰려온 것 같았다. 깜빡 잠이 들면서 이전의 기억이 떠올랐다. 새로 손에 넣은 게임기를 착용하고 곧바로 의식을 잃었다. 그리고 어디론가 빨려들어가는 꿈을 꾸다가 이곳에서 정신을 차린 것이다. 워낙 생생해서 현실처럼 느껴졌다. 그래서 더 두려웠다. 진짜로 좀비에게 잡히면 죽거나 변해 버릴 것 같았기 때문이다. 비명을 지르며 깨어난 나는 충동적으로 리볼버 권총을 들고 머리를 겨눴다. 그냥 방아쇠를 당기면 끝낼 수 있다는 생각이 든 것이다. 하지만 결국 방아쇠를 당기지 못했다.

"죽을 때 죽더라도 최선을 다해서 살아 봐야지."

게임할 때도 포기하지 않았는데 실제 목숨을 쉽게 버릴 수 없었다. 그렇게 고민과 한탄의 시간을 보내고 있는데 닫혀 있는 마구간 문에서 삐걱거리는 소리가 들렸다. 밖에 있던 좀비들이 문을 미는 것 같았다. 벌떡 일어나면서 나도 모르게 중얼거렸다.

"빌어먹을!"

남은 탄환이 일곱 발뿐이라서 함부러 쏠 수는 없었다. 뭔가 다른 걸 써야 했는데 쇠스랑은 빗장처럼 채워 놓은 상태였다. 남은 건 전기톱 하나뿐이다.

"진짜 쓰기 싫은데."

말은 그렇게 했지만 어쩔 수 없었다. 나는 전기톱을 들고 줄을 당겼다. 흰 연기를 뿜던 전기톱이 곧 요란한 소리를 내며 회전했다. 진동이 심해서 하마터면 떨어뜨릴 뻔했다. 그걸 들고 굳게 닫혀 있는 마구간 문으로 향했다. 아직까지는 앞에 가져다 놓은 좀비들의 시신과 쇠스랑 빗장 덕분에 버텼지만 숫자가 늘어났는지 삐걱거리는 소리와 흔들림이 심해졌다. 문 틈으로 좀비들이 보였다. 새빨갛게 충혈된 눈은 더없이 끔찍했다. 나는 전기톱을 문틈으로 밀어 넣었다. 곧 예리한 전기톱의 날에 뭔가가 찢겨지는 소리가 들렸다. 끔찍했지만 붉은 눈이 하나둘씩 사라지고, 문을 밀치는 힘도 약해졌다. 그나마 다행이라며 계속 문틈으로 톱질을 하다가 그만 대형 사고를 치고 말았다.

"으악!"

그만 빗장 역할을 하는 쇠스랑을 잘라 버린 것이다. 그 바람에 남아 있던 좀비들이 문을 열어 버렸다. 다행히 문 앞에 쌓아둔 좀비의 시신을 밟고 비틀거리는 바람에 잠깐 시간을 벌었다. 일단 가까이 있는 좀비부터 하나씩 목을 썰었다. 문으로 막혀 있던 때와는 비교할 수 없을 정도로 피가 많이 튀었지만 어쩔 수 없었다. 다섯 마리째 썰고 있는데 갑자기 전기톱이 푸르르륵거리는 소리를 내면서 멈췄다.

"뭐야? 고장 난 건가?"

게임에서도 너무 많이 쓰면 과열돼서 사용하지 못할 때가 있었다. 그렇다고 그런 일이 지금 벌어질 줄은 몰랐던 탓에 적잖이 당황하고 말았다. 다행히 남은 좀비들은 토막 난 다른 좀비의 시신 때문에 버둥거리는 중이었다. 고장 난 전기톱을 버리고 절반으로 줄어든 쇠스랑을 들었다. 그리고 남은 좀비들의 머리를 푹푹 찔렀다. 그때마다 손을 통해 불쾌한 느낌이 전달됐고, 버둥거리는 좀비들을 코 앞에서 봐야만 했다. 하지만 덕분에 위기를 한 번 더 넘길 수 있었다. 지칠 대로 지쳐서 뒤로 물러나는데 체력 게이지가 55로 떨어진 게 보였다. 남은 건 리볼버 권총의 탄환 일곱 발뿐이었다. 다시 문을 닫고 싶었지만 좀비의 시체들 때문에 불가능했다. 결국 안으로 들어왔다. 그리고 사다리를 타고 2층으로 올라갔다. 사다리를 치워 버릴까 했지만 뛰어내릴 때 다리라도 부러질까 겁났다. 결국 사다리를 끌어올리려고 했는데 꿈쩍도 하지 않았다.

"뭐지?"

겨우 내려가서 살펴보니까 사다리는 땅바닥에 뭔가로 고정돼 있었다. 그걸 파낼 힘이 없어서 결국은 도로 올라가고 말았다. 그리고 엎드려서 사다리를 내려다봤다.

"제발 오지 마라. 오면 안 돼."

간절한 바람이 통했는지 한동안 잠잠했다.

"이제 끝이려나?"

하지만 그때 좀비 하나가 사다리를 잡는 게 보였다. 점퍼에 긴 머리를 한 여성 좀비였는데 얼굴은 거의 벗겨져서 해골만 보였다. 눈이 딱 마주치는 바람에 피할 수도 없었다. 괴성을 지르던 여성이 사다리를 잡고 올라왔다. 리볼버 권총을 겨눴지만 쏘지 못했다. 총소리를 듣고 더 몰려올 수 있었다. 주변을 돌아봤는데 어처구니없게도 마구간 문의 빗장 같은 게 보였다.

"여기 이게 왜 있어?"

투덜거리긴 했지만 고마운 존재였다. 빗장을 몽둥이처럼 들고 올라오려는 여자 좀비를 밀어냈다. 괴성을 지르며 버티던 여자 좀비는 결국 아래로 떨어졌다. 일어나서 다시 사다리를 붙잡으려던 여성 좀비를 다가오던 다른 좀비가 밟았다. 그녀를 밟은 다른 좀비 역시 올라오려고 했다.

"어림도 없지."

이번에도 빗장을 이용해서 밀어냈다. 꽤 많이 올라오긴 했지만 결국 앞선 여자 좀비처럼 아래로 떨어져서 발버둥을 쳤다. 그런 식으로 하나씩 올라오려는 좀비들을 밀쳐내면서 시간을 끌었다. 그러다가 차츰 해가 밝아오는 게 느껴졌다. 그 사이 좀비들도 자기들끼리 짓밟는 바람에 얼마 남지 않았다.

배도 고프고 동료나 필요한 물품을 찾아야겠다는 생각에 리볼버 권총을 집었다. 그리고 일부러 사다리를 올라오게 만들었다. 그러자 한 놈씩 올라왔는데 코앞에서 방아쇠를 당겼다. 머리가 박살난 좀비들이 바닥으로 떨어졌다. 다섯 발을 쏘고 나서야 모두 정리할 수 있었다. 그러고도 한동안 주변을 살펴보다가 아래로 내려갔다. 지치고 배가 고파서 제대로 걸을 수 없었다. 조심스럽게 밖으로 나가자 따가운 햇살이 느껴졌다. 좀비들은 도로와 벌판 여기 저기 있었는데 낮이라 먼저 발견할 수 있었기 때문에 피하거나 숨는 게 가능했다. 문가에 서서 근처에 좀비가 없는 걸 확인하고 나서 조심스럽게 밖으로 나갔다. 일단 저택과 창고를 살펴봐야 했다. 밖으로 나가니 창고 뒤에 작은 창고 같은 게 하나 더 보였다.

"어딜 먼저 가 볼까?"

먹을 게 있을 것 같은 저택이 가장 구미가 당겼지만 그쪽으로 발걸음을 옮기다가 움찔했다.

"사람이 있었으면 좀비도 있을 가능성이 높지."

거기다 무기라고는 탄환이 딱 두 발 남은 리볼버 권총 한 자루뿐이었다.

"모험은 무리지."

남은 건 두 개의 창고였다. 앞에 있는 건 마구간처럼 2층으로 된 큰 창고였고, 뒤쪽은 1층으로 된 작은 창고였다. 가까운 곳에 있는 큰 창고보다 그 뒤에 있는 작은 창고가 더 눈길이 갔다.

"그래, 큰 창고는 눈에 띄어서 이미 누가 털어갔을 거야."

나 자신에게 설득하고 작은 창고 쪽으로 다가갔다. 주변 풍경이나 건물 모양을 보면 미국 드라마에서 본 텍사스 풍경과 비슷했다. 최대한 조심스럽게 작은 창고 쪽으로 다가갔다. 옆으로 돌아간 다음에야 그 창고의 용도를 알아차렸다.

"차고였네."

반쯤 열린 문 안쪽으로 빨갛게 칠한 포드사의 픽업 트럭이 보였다. 게임에서 본 것과 같은 아이템이라 안심이 되기도 하고, 우울하기도 했다. 서둘러 문을 닫고 안쪽을 살펴봤다. 다행히 좀비는 보이지 않았다. 운전석으로 가서 살피는데 아쉽게도 키는 꽂혀 있지 않았다. 안타까워서 혀를 차는데 구석에서 부스럭거리는 소리가 들렸다. 반사적으로 몸을 낮추고 리볼버 권총을 겨눴다.

"누구야!"

처음에는 좀비라고 생각했지만 머리 좋게 숨어 있을 리 없었기 때문에 사람이라고 판단했다. 역시나 창고의 선반 아래쪽에서 기어 나온 건 금발머리 여자 아이였다. 갈색 셔츠에 찢어진 청바지, 그리고 카우보이모자를 썼는데 십대 중반쯤으로 보였다. 겁에 질린 아이는 두 손을 들었다.

"쏘지 마세요. 아저씨. 저 좀비 아니에요."

"물론 아니겠지. 여기 왜 있는 거야?"

리볼버 권총을 내리며 묻자 여자 아이가 대답했다.

"근처 교회에 예배 보러 왔다가 이상한 사람들이 나타나서 여기로 도망쳤어요. 빌 아저씨네 집으로 들어가려고 했는데 아저씨가 이상해서 그냥 여기로 와서 숨은 거예요."

"빌 아저씨?"

"네, 저 집 주인이요. 괴팍하기는 해도 마음씨는 좋은 아저씨였는데 이상해졌어요."

"좀비로 변한 거야."

그렇게 대답하면서 한숨을 돌렸다. 집으로 그냥 들어갔다가는 좀비로 변한 빌 아저씨에게 당할 뻔했기 때문이다. 내 얘기를 들은 여자 아이가 빨간색 픽업 트럭을 보면서 중얼거렸다.

"빌 아저씨한테 차 태워 달라고 해서 도망가려고 했죠."

"어디로?"

"뉴 유니온 시티요. 거기에 구조선이 온다고 했어요."

"구조선? 진짜?"

"네, 아빠랑 차 타고 오면서 라디오에서 들었어요. 15일에 구조선이 도착하니까 생존자들은 그때까지 오라고 말이죠."

"오늘이 며칠인데?"

"11일이요."

"나흘 남았네. 여기서 얼마나 걸리는데?"

"서쪽으로 471번 도로 타고 쭉 가서 케손 지나면 바로예요. 여기서 그냥 가면 다섯 시간 정도 걸려요."

아이와 얘기를 하다 보니까 희망이 생겼다. 일단 엔딩까지 봐야 게임에서 벗어날 방법이 생길 것이기 때문이다. 하지만 픽업 트럭은 시동을 걸 수 있는 차 키가 없었다. 내 생각을 읽었는지 여자 아이가 말했다.

"빌 아저씨가 차 키를 어디다 두는지 알아요."

"어디?"

"허리에요. 항상 차고 다녀요."

"고양이 목에 방울을 다는 것도 아니고 방금 좀비가 되었다며?"

"아저씨 총 있잖아요."

여자 아이가 내 손에 든 리볼버 권총을 바라보며 대답했다. 내가 리볼버 권총을 내려다보며 눈을 껌벅거리자 여자 아이가 덧붙였다.

"그리고 빌 아저씨 취미가 사냥이라 집 안에 총들이 많아요."

결국, 여자 아이와 함께 집으로 들어가기로 했다. 무엇보다 체력 게이지가 48로 떨어졌다. 결판을 내지 못하고 시간을 보내면 좀비에게 잡아먹히는 건 시간 문제였다. 현관문을 조심스럽게 여는데 내 뒤에 바짝 붙은 여자 아이가 물었다.

"제 이름은 안나에요. 아저씨는요?"

"잭이다."

"잭 아저씨. 조심하세요."

그 말이 끝나기가 무섭게 부엌 쪽에서 멜빵바지 차림의 좀비가 튀어나왔다. 턱에 흰 수염을 길렀는데 피와 체액으로 지저분해져 있었다. 안나는 비명을 지르며 내 뒤로 숨었다. 뒷걸음질을 치면서 머리를 겨냥해서 리볼버 권총을 발사했다. 묵직한 총성과 함께 목이 확 뒤로 넘어졌다가 다시 오뚜기처럼 스르륵 원위치로 돌아왔다. 다시 머리를 겨냥해서 방아쇠를 당기자 위쪽이 터지면서 천정으로 피가 확 튀었다. 그제야 두 팔을 허우적거리며 넘어졌다. 한숨을 돌리자마자 차 키부터 찾았다. 멜빵바지의 옆 주머니에 차 키가 있는 게 보였다. 허리를 굽혀서 차 키를 빼낸 다음에 테이블 아래 숨은 안나에게 말했다.

"총은?"

"저쪽이요. 서재에 있어요."

거실 옆에 있는 방으로 들어가자 책들이 꽂혀 있는 공간이 나왔다. 한쪽 벽면에는 사슴부터 시작해서 사냥한 동물들의 머리가 박제돼 벽에 걸려 있고, 그 아래 유리 케이스에는 총들이 잔뜩 있었다. 이제는 쓸모없어진 리볼버 권총을 거꾸로 잡고 유리를 깼다. 그리고 안에 있는 총을 하나씩 꺼냈다. 연장 튜브가 달린 레밍턴제 산탄총을 꺼내자 안나가 아래쪽 서랍을 열었다.

"탄은 여기 있어요."

"어떻게 그렇게 잘 아냐?"

"제가 이 집 손녀 에밀리의 베이비 시터였거든요."

그 다음으로는 미국 남부 레드 넥의 상징이라는 더블 배럴 산탄총을 꺼냈다. 그리고 마지막으로 조준경이 달린 볼트 액션식 사냥총을 꺼냈다. 안나는 눈치 빠르게 내가 꺼낸 총들의 탄환을 찾아 부엌에서 가져온 시리얼 상자에 넣었다. 그 사이에 부엌 찬장을 열어 먹을 걸 찾았다. 그러자 안나가 말했다.

"오른쪽에 쿠키 상자 있어요."

옆의 찬장을 열자 정말 쿠키 상자가 보였다. 그걸 꺼내서 뚜껑을 연 다음에 쿠키를 입에 쑤셔넣었다. 그걸 본 안나가 냉장고 문을 열고, 콜라와 소다수 병을 몇 개 꺼냈다.

"얼른 가요. 이제."

쿠키를 우물거리며 알겠다고 대답하고는 안나를 따라갔다. 집을 나가기 전 쓰러진 빌 아저씨에게 잘 있으라고 얘기한 안나는 문을 열자마자 소리쳤다.

"좀비들이 와요!"

"서둘러!"

밖으로 나오자 도로 쪽에서 한 무리의 좀비가 다가오는게 보였다. 얼른 차고로 가서 가져온 총을 픽업 트럭의 짐칸에 던져놓고 운전석 문을 열었다. 그때 안나가 소리쳤다.

"제가 운전할게요."

"이거 몰아봤냐?"

"몇 번이요."

운전석에 앉은 안나가 차 키로 시동을 걸었다. 다행히 영화나 드라마처럼 시동이 걸리지 않아 애를 먹이거나 하지는 않았다. 안나가 핸들을 잡으며 외쳤다.

"꽉 잡아요!"

요란한 굉음을 내며 후진한 픽업 트럭은 차고를 박차고 나갔다. 워낙 거친 운전 탓에 서둘러 안전벨트를 맸다. 후진한 픽업 트럭을 한 바퀴 회전시킨 안나는 도로 쪽으로 올라갔다. 그리고 핸들을 왼쪽으로 틀어서 달리기 시작했다. 도로에는 버려진 차들과 좀비들이 좀 있었지만 무시하고 달렸다. 위기에서 벗어나자 피곤함이 몰려왔다. 그런 내 모습을 본 안나가 말했다.

"좀 주무세요. 많이 피곤하신 모양이네요."

"어제 한숨도 못 잤거든."

"총소리랑 좀비들이 우는 소리 들었어요. 그래서 전 잡아먹힌 줄 알았죠."

"내가 이 게임의 주인공이야. 쉽게 죽지 않아."

차마 너도 게임 속의 NPC 같은 존재라는 걸 말하지는 못했다. 안나는 농담이라고 생각했는지 이빨을 드러내며 웃었다. 그걸 마지막으로 잠이 들었다. 도로 주변 풍경이 빠르게 스쳐 지나가는 게 느껴졌다.

눈을 뜬 것은 픽업 트럭이 멈춘 다음이었다. 태양은 아직 사라지지 않았지만 야트막한 햇살로 바뀐 상태였다. 대략 늦은 오후라는 게 느껴졌다. 푹 쉬고 배를 채워서 그런지 체력 게이지가 88까지 올라간 게 보였다. 안나가 멈춘 곳은 도로 옆이었다. 거리에는 신문지를 비롯한 쓰레기들이 바람에 날렸고, 중간 중간에 좀비와 사람들의 시신이 널브러져 있었다. 빠르게 정신을 차리며 물었다.

“여긴 어디야?”

“케손이요. 기름이 다 떨어져 가고 있어서 멈췄어요. 배도 고프고.”

“일단 안 보이는 곳에 세워 놓고 찾아보자.”

“네.”

안나가 후진으로 골목길 안으로 들어갔다. 골목길 끝에는 뜻 밖에도 작은 교회가 보였다. 지붕 위에 우뚝 솟은 십자가가 골목길에 그림자를 드리웠다. 차에서 내린 나는 짐칸에 던져 놓은 무기를 챙겼다. 안나가 먼저 산탄총을 챙겼다. 위험하지 않겠냐고 말하려는데 안나가 보란 듯이 산탄총의 펌프를 당겼다. 철컥하는 소리를 들은 나는 잠자코 시리얼 박스를 밀었다.

“총알은 잔뜩 챙겨.”

“네.”

남은 건 조준경이 달린 사냥총과 더블 배럴 산탄총이었다. 주저하다가 사냥총을 집었다. 그리고 종이 상자 안에 있는 총알들을 챙겨서 주머니에 넣었다. 그러자 시선 한쪽에 사냥총 로고와 함께 63이라는 숫자가 떴다. 슬라이드를 당겨 탄환을 장전한 다음 큰 길로 나섰다. 도로 양쪽으로 상점들이 보였다. 일단, 안나에게 가까운 곳에 있는 식료품점을 가리켰다.

“저기 가서 먹을 것들을 챙겨라. 나는 근처 주유소를 찾아 볼게.”

“여기서 모여요?”

“응, 위험하니까 너무 멀리 가지 말고, 바로 돌아와라.”

“아저씨도 조심하세요.”

“너도.”

오늘 처음 봤지만 든든했다. 사냥총을 언제든 쏠 수 있게 앞으로 겨누면서 천천히 걸어갔다. 어디선가 총소리가 메아리처럼 들리는 걸 보면 이 도시에서도 생존자들이 버티고 있는 듯했다. 옆으로 휘어진 도로를 따라 걷는데 넘어진 자전거와 좀비가 뒤엉킨 게 보였다. 금방 빠져나올 것 같지 않아서 일단 조심스럽게 옆으로 비켜서 지나갔다. 도로 끝에 주유소가 보였다. 크지 않은 규모였고, 좀비와 사람 모두 보이지 않았다. 사냥총을 겨눈 채 조심스럽게 다가갔다. 그제야 기름을 담을 통 같은 걸 가져오지 않았다는 걸 깨달았다. 하지만 다행스럽게도 주유소 건물 벽에 기름이 담긴 플라스틱 통이 세워져 있는 게 보였다.

“친절하기도 하네.”

꾸물댈 이유가 없었기 때문에 서둘러 플라스틱 통을 들고 돌아섰다. 아까 자전거에 깔린 좀비는 여전히 그대로였다.

픽업 트럭을 세워 놓은 골목길에 다가가는데 어깨에 산탄총을 걸친 채 빵과 음식을 한 가득 들고 오는 안나와 마주쳤다. 환하게 웃는 안나의 뒤로 한 무리의 좀비가 도로를 가득 채우며 걸어오는 게 보였다. 내 표정이 굳어진 걸 본 안나가 고개를 뒤로 돌렸다. 그리고 쫓아오는 좀비들을 보고는 화들짝 놀라서 뛰어왔다. 나 역시 기름이 든 플라스틱 통을 든 채 픽업트럭이 있는 곳까지 뛰어갔다. 숨을 헐떡거리는 안나가 물었다.

"어떡하죠?"

"바로 출발할 수 있어?"

"그렇긴 한데 오래 못 갈 거예요. 기름이 바닥이라."

"그렇다고 지금 기름을 넣을 수는 없잖아."

어떡할지 몰라서 당황해하고 있는데 갑자기 교회 문이 열렸다. 그리고 검정색 셔츠를 입은 흑인 목사가 말했다.

"가련한 신자여. 안식을 줄 테니 어서 들어오시오."

이건 또 무슨 시추에이션이냐는 소리가 절로 나왔지만 따질 틈이 없었다. 좀비들이 골목 입구까지 들어왔기 때문이다.

"안나! 무기 챙겨서 들어가자!"

다행히 눈치 빠른 안나는 짐칸에 있던 더블 배럴 산탄총과 탄환들을 챙겼다. 그 와중에 먹을 것도 버리지 않는 근성을 보여 줬다. 황급히 계단을 오르자 흑인 목사가 두 손으로 교회 문을 닫았다. 교회 안은 어두웠지만 여기 저기 촛불을 켜 놔서 그나마 주변을 볼 수 있었다. 길다란 교회 의자가 양쪽에 나란히 놓여 있었고, 끝에는 설교대와 벽에 걸린 십자가상이 보였다. 설교대에는 남미 계통의 중년 부부가 나란히 앉아 부들부들 떠는 중이었다. 나와 안나를 들여보내 준 목사가 말했다.

"내 이름은 로튼 스미스, 직업은 목사라네. 가련한 목자들은 어디서 왔는가?"

어찌 대답할까 고민하는데 안나가 해결해 줬다.

"저는 안나, 이쪽은 잭 아저씨에요. 서쪽 바이만 호수 쪽에서 왔어요."

"오호, 먼 길을 오셨군. 저쪽에서 기도하고 있는 가련한 어린 양들은 고메스 부부일세. 우리 교회의 독실한 신자지."

"자기소개는 살아남은 다음에 하시죠. 일단 문을 막아야 합니다."

"여긴 신성한 장소라서……."

"목사님!"

내가 버럭 소리를 지르자 로튼 신부는 재빨리 대답했다.

"의자를 이용하세."

교회 안에 있는 긴 의자를 들어 문을 막기 시작했다. 그때 좀비들이 밖에 도착했는지 문에 부딪치는 소리가 들렸다. 그 소리를 들은 로튼 신부가 중얼거렸다.

"저들이 좀비가 아니라 신자였다면 얼마나 좋았을까?"

그러거나 말거나 열심히 의자를 날라 입구를 막는 데 성공했다. 하지만 밖에 있는 좀비의 숫자가 너무 많았다. 쿵쿵거리는 소리가 더 크게 들려서 나는 뒷걸음질로 물러났다.

"중간에 바리케이드를 하나 더 만들어야 합니다."

이번에는 로튼 신부도 별 대꾸 없이 도왔다. 남은 의자들을 설교대 주변에 쌓았다. 그러다가 설교대 옆에 문이 하나 있는 걸 발견했다. 그 뒤로는 철제로 만든 나선형 계단이 보였다.

"저긴 어디로 통합니까?"

"지하랑 위쪽. 지하는 식량 창고고, 위쪽은 종이 있는 첨탑이 있어."

"여차하면 위로 피하면 되겠군요."

내 얘기를 들은 로튼 신부는 또 엉뚱한 소리를 했다.

"위로 올라가니까 신과 가까워지겠군."

그 사이, 안나는 더블 배럴 샷건을 고메스 씨에게 맡겼다. 주저하던 고메스 씨는 총을 쏘지 않으면 우린 다 끝장이라는 내 말에 고개를 끄덕거리며 총을 잡았다. 그걸 본 로튼 신부가 벽에 붙은 십자가상을 떼었다. 이번에는 내가 물었다.

"십자가로 싸우실 겁니까?"

그러자 로튼 신부가 대답했다.

"아니, 신이 주신 무기로 싸울 거야."

놀랍게도 십자가 상 안쪽에서 총신과 개머리판을 잘라 낸 소드 오프 산탄총을 꺼냈다. 내 것과 같은 레밍턴제였는데 개머리판 부분은 검정색 테이프로 둘둘 말아 놨다. 그리고 설교대 아래에서 산탄총 탄환 두 박스를 꺼내 놨다. 어안이 벙벙해진 내게 로튼 신부가 말했다.

"가끔은 이게 하느님의 말씀보다 더 먹힐 때가 있지."

마침 같은 산탄총이라서 안나와 탄환을 나눠 쓸 수 있었다. 당장 상태 창에 산탄총의 탄환 187발로 늘어났다. 한시름 던 나는 위치를 조정했다. 산탄총을 쓰는 두 사람을 가운데 놓고, 나는 오른쪽의 의자 위로 올라갔다. 여전히 떨고 있는 고메스 씨는 아내와 함께 왼쪽을 맡았다. 그 사이, 좀비가 더 몰려왔는지 문이 안쪽으로 넘어졌다. 안에 쌓아둔 의자 덕분에 완전히 넘어지지는 않았지만 좀비들은 우격다짐으로 그 위를 밟고 넘어왔다. 나는 스코프의 조준경으로 그들을 바라보면서 외쳤다.

"머리 쪽을 겨눠야 합니다. 쏘세요!"

로튼 신부가 '신이시여'를 외친 다음에 산탄총을 발사했다. 권총과는 다른 느낌의 총성이 들리면서 다가오던 노란 티셔츠 차림의 여성 좀비가 뒤로 벌러덩 넘어졌다. 그걸 신호 삼아 발포가 시작됐다. 로튼 신부와 안나는 산탄총을 사방으로 쏴 댔다. 좁은 교회 안이라서 효과는 확실했다. 나는 조준경으로 지켜보면서 중간중간 위협이 될 만한 좀비들을 쓰러뜨렸다. 그렇게 한 무리의 좀비들을 처리하고 한숨을 돌렸다. 딱 스무 발을 쏴서 43이라는 숫자가 남았다. 로튼 신부와 안나가 산탄총에 장전하는 소리가 들렸다. 한숨 돌렸다고 생각하는데 두 번째 좀비 무리가 쳐들어왔다. 그런데 이번에는 앞선 좀비와 좀 달랐다.

"뭐야?"

앞장서서 교회로 쳐들어 온 건 황당하게도 경찰과 경찰 특공대 좀비였다. 좀비들을 막다가 물려서 전염된 모양이었다. 제복을 입은 그들을 본 로튼 신부의 입에서는 다시 '신이시여'라는 목소리가 나왔다. 나는 잠자코 사냥총을 들어 제일 앞에 선 경찰의 한쪽 눈을 겨눴다. 미안하고 불쌍했지만 현재로서는 방법이 없었다. 방아쇠를 당기자 경찰의 눈과 머리 일부가 사라졌다. 그걸 시작으로 두 사람도 총을 쐈고, 고메스 씨도 총을 쏘는 게 보였다. 한참 총을 쏘던 안나가 외쳤다.

"검은 놈이 안 쓰러져요."

안나가 얘기한 검은 놈은 검정색 제복을 입은 경찰 특공대 좀비였다. 두툼한 방탄복과 방탄 헬멧을 쓰고 있어서 좀처럼 쓰러뜨릴 수 없었다. 잘 싸우던 둘이 당황하는 게 보였다.

"나한테 맡기고 다른 놈 처리 해!"

조준경으로 봐야 정확하게 얼굴과 눈을 겨눌 수 있었다. 정 안되면 다리를 쏴서 넘어뜨렸다. 하지만 이전보다 숫자가 더 많아서 이번에는 설교대 주변까지 밀려왔다. 그러자 왼쪽을 지키고 있던 고메스 씨 부부가 총을 버리고 도망쳤다. 옆문으로 도망쳐서 나선형 계단을 타고 위쪽으로 사라졌다. 그 바람에 좀비들이 바리케이드 왼쪽으로 바짝 붙었다. 그러자 로튼 목사가 설교대를 넘어뜨리고는 옆 문 쪽으로 물러났다. 나도 문가로 다가가서 벽을 등지고 섰다. 좀비들이 바리케이드까지 밀고 들어온 상태라 조준경으로 겨냥할 필요도 없었다. 사냥총이 잘 맞긴 했지만 한 발식 장전하고 쏴야 해서 턱없이 느렸다. 그때, 안나가 고메스 씨가 버리고 간 더블 배럴 산탄총을 던졌다.

"받아요."

잽싸게 받은 더블 배럴 산탄총으로 두 발을 연달아 쐈다. 탄환이 넓게 퍼지는 특성 때문인지 가까이 왔던 좀비 여러 마리가 한꺼번에 쓰러졌다. 총신을 꺾자 쌍열로 된 총열에서 탄피가 튀어나왔다. 안나가 옆에 서서 탄환 한 움큼을 건넸다. 재빨리 두 발을 장전해서 총열을 고정한 다음에 가까이 다가온 경찰 특공대 좀비의 얼굴에 한 방 먹였다. 머리에 쓴 방탄 헬멧이 튕겨 올라가면서 얼굴이 사라져버렸다. 남은 한발을 쏘고, 다시 총열을 꺾어서 재장전을 했다. 두 발을 더 쏘자 더 이상 교회 안으로 들어온 좀비는 없었다. 바닥에 쓰러진 좀비가 내는 그르릉거리는 소리만 들릴 뿐이었다. 로튼 신부는 이번에도 '신이시여'라고 중얼거렸다. 좀비들이 넘어뜨린 문을 통해 보니까 아직 한밤중이었다. 옆에 놓은 사냥총을 집으며 로튼 신부에게 말했다.

"날이 밝을 때까지는 여기 있어야 할 거 같습니다."

"문을 닫고 위층으로 올라가세."

"알겠습니다."

문을 닫고 빗장을 채운 다음 나선형 계단을 밟고 위로 올라갔다. 그러자 종이 있는 탑이 있었다. 3층 정도 높이긴 하지만 주변이 잘 보였다. 아래쪽을 살펴보던 안나가 외쳤다.

"저기 고메스 씨 부부 같아요."

종탑 아래쪽의 공터에 두 사람이 누워 있는데 몰려온 좀비들이 물어뜯는 중이었다. 그걸 본 로튼 신부가 중얼거렸다.

"저런, 무서워서 뛰어내린 모양이군."

"여기서 뛰어내리면 다리가 멀쩡하지 못했을 텐데요."

내 물음에 로튼 신부가 고개를 끄덕거렸다.

"물론이지. 안타까운 일이야."

두 사람을 위해 잠깐 기도를 한 로튼 신부가 말했다.

"혹시 몰라서 여기로 물과 식량을 올려다놨어. 먹고 잠깐 쉬도록 하게. 계단은 내가 지킬 테니까."

체력 게이지는 다시 66으로 떨어진 상태였다. 안나의 체력은 얼마인지 모르지만 나랑 비슷할 게 뻔했다. 고맙다고 말하고, 크래커와 물로 배를 채웠다. 안나 역시 벽에 기댄 채 주저앉아서 크래커를 씹었다. 그리고 지쳤는지 한손에 크래커를 쥔 채 잠이 들었다. 그 모습을 본 나 역시 금방 눈을 감았다.

잠에서 깨어난 것은 따가운 햇살 때문이었다. 여기저기 불이 났는지 연기가 피어올랐고, 총성과 비명이 간간히 들렸다. 교회 주변에도 좀비들이 좀 있었지만 많이 몰려다니지는 않았다. 체력 게이지는 95를 찍었고, 남은 무기의 현황도 보였다.

"사냥총의 총알은 36발 남았고, 산탄총은 탄환은 91발이 남아 있네."

혼자서 중얼거리는데 흑인 목사가 내 얼굴과 손을 바라봤다. 그러더니 빨간색 상자를 가져와서는 뚜껑을 열었다. 그러고는 솜과 알콜을 꺼내서 얼굴과 손에 난 상처를 치료해 줬다. 겁나게 아팠지만 체력 게이지가 올라가는 게 보여서

꾹 참았다. 얼굴에는 밴드를 붙여 주고, 손에는 붕대를 감아 준 로튼 목사가 말했다.

"그대로 놔두면 감염이 심해질 뻔했어."

"도대체 신부님 정체가 뭡니까?"

"군대에서 의무병이었네."

그러면서 슬쩍 소매를 걷어서 손목 안쪽을 보여줬다. 미 해병대 로고가 문신으로 새겨져 있었다.

"전쟁터가 싫어서 신의 품에 안겼는데 여기도 지옥이군."

씁쓸하게 웃는 로튼 신부에게 말했다.

"우리랑 같이 뉴 유니온 시티로 가시죠. 거기로 구조선이 온답니다."

"목사가 교회를 지켜야지."

"거기에도 교회가 있지 않겠습니까? 사람들이 모이는."

내 얘기를 들은 로튼 신부가 잠시 생각을 하더니 고개를 끄덕였다.

"자네 말이 맞는 거 같군. 거기로 갈 방법은?"

"밖에 픽업 트럭이 있습니다. 기름은 주유소에서 챙겨 왔고 말이죠."

"좀비들이 그걸 가져가지 않았으면 좋겠군."

로튼 신부의 말에 나는 사냥총을 지팡이 삼아 일어나면서 대답했다.

"걔들은 그런 거 신경 안 씁니다. 사람 말고는요."

우리 둘의 대화를 듣던 안나가 카우보이모자를 고쳐 쓰면서 말했다.

"제가 앞장설게요. 짐 들고 따라오세요."

나는 사냥총과 더블 배럴 산탄총을 어깨에 메고 물과 식량이 든 상자를 들었다. 로튼 신부가 따라 내려왔다. 예상대로 픽업트럭과 기름은 무사했다. 다만 좀비들이 밟고 지나갔는지 피가 좀 묻었고, 여기 저기 찌그러져 있었다. 그걸 본 안나가 얼굴을 찌푸렸다.

"빌 아저씨가 이걸 알면 정말 가슴 아파했을 거예요."

내가 기름을 넣는 사이, 이번에도 안나가 운전석에 앉았다. 로튼 신부는 여기가 편하겠다며 짐칸에 올라탔다. 기름을 넣고 남은 건 뚜껑을 닫아서 짐칸에 올려놓은 다음에 조수석에 탔다. 시동을 건 안나가 천천히 픽업 트럭을 출발시켰다. 그렇게 두 번째 날이 스쳐 지나갔다.

해가 떨어질 기미가 보이자 안나는 천천히 트럭을 멈췄다. 도시 외곽의 타운 하우스였다. 비슷하게 생긴 집들이 도로를 따라 쭉 이어졌다. 입구 옆의 서행하라는 교통 표지판에 누군가 스프레이로 좀비 그림을 그려 놨다. 에블린 타운 하우스라는 표지판 안쪽은 쓰레기와 차들로 가득했다. 짐칸에서

훌쩍 뛰어내린 로튼 신부가 말했다.

"오늘 밤은 여긴가?"

그러자 운전석에 앉아있던 안나가 말했다.

"기름은 좀 남아 있어서 괜찮은데 밤이 되면 좀비들이 득실거려서요. 안전한 곳에서 쉬고 내일 움직여야 해요. 어차피 시간 여유는 좀 있어서요."

"아가씨 말대로 하지. 여기는 예전에 와본 적이 있어. 안쪽으로 쭉 들어가면 총기 상점이 하나 있네. 그 옆은 식료품점이고."

"좀비는 없을까요?"

내 물음에 로튼 신부는 어깨를 으쓱거렸다.

"모든 건 신의 뜻이지."

지겹긴 했지만 총 솜씨가 예사가 아니라서 넘어가기로 했다. 로튼 신부가 소드 오프 산탄총을 어깨에 걸치며 말했다.

"나랑 잭이 걸어가면서 옆을 볼 테니까 천천히 차를 몰도록 해. 어차피 총기 상점은 철제 셔터가 내려져 있어서 차로 부숴야 하니까."

내가 사냥총을 들고 조수석에서 내리자 안나가 천천히 차를 출발시켰다. 타운 하우스의 집들은 길가를 향해 문과 테라스가 만들어져 있었다. 사람들이 갑자기 증발한 것을 제외하고는 테라스의 건조대에 널린 빨래부터 테이블에 놓인 잡지까지 모든 게 일상적이었다. 사람들은 갑자기 나타난 좀비의 습격에 일상을 버리고 어디론가 도망쳤을 것이다. 상념에 잠겨 있는데 로튼 목사의 외침이 들렸다.

"오른쪽!"

고개를 돌리자 이제 막 지나는 집의 현관에서 좀비 두 마리가 튀어나오는 게 보였다. 다들 피범벅을 하고 있었는데 앞장선 것은 크롭 티에 딱 붙은 청바지를 입은 장발 회색머리의 젊은 백인 여성이었고, 그 뒤로는 뚱뚱한 중년 아저씨가 파자마 차림으로 뛰쳐나왔다. 나이로 봐서는 부녀지간 같았다. 보자마자 사냥총으로 백인 여성을 쓰러뜨렸지만 슬라이드가 제때 당겨지지 않으면서 다음 좀비가 코앞까지 다가왔다.

"이, 이런."

그때 운전석에 있던 안나가 산탄총을 발사했다. 다가오던 파자마 좀비는 아랫배를 강타당하고는 그대로 쓰러졌다. 물론 잠시 후에 일어났지만 사냥총의 슬라이드를 당겨서 탄환을 장전하기에는 충분했다. 이마 한 가운데 구멍이 뚫린 파자마 좀비는 장발의 회색머리 좀비 옆에 나란히 누웠다. 안나가 연기가 풀풀 나는 산탄총을 나에게 건넸다.

"여기서는 이게 더 좋겠어요."

나는 안나가 건네준 산탄총으로 바꿔 들고는 주변을 살폈다. 총소리를 듣고 좀비들이 몰려올까 걱정했지만 더 나타나지는 않았다. 타운 하우스 안쪽으로 좀 더 들어가자 로튼 목사가 외쳤다.

"저기야. 저기."

그가 가리킨 곳에 붉은 벽돌로 된 2층 건물이 있었다. 타운 하우스의 후문 바로 바깥이었다. 한 건물에 총기 상점과 식료품점이 같이 있었는데, 둘 다 굵직한 철제 셔터가 내려져 있었다. 가볍게 휘파람을 분 로튼 신부가 말했다.

"같은 주인이 운영하는 거야. 한쪽을 뚫고 들어가면 중간에 연결된 문이 있어."

로튼 신부의 얘기를 들은 안나가 물었다.

"후진해서 집칸으로 쇠창살을 부술까요?"

로튼 목사가 좋은 생각이라고 말하려는 찰나, 내가 손을 들어서 제지했다.

"저기 이층 창문에는 쇠창살이 없네요."

"그런가?"

"저기 창문을 통해 안으로 들어가는 게 더 좋지 않을까요?"

"어떻게 올라갈 건데?"

그의 물음에 안나를 바라봤다.

"차를 대고 지붕에 올라서면 2층으로 올라갈 수 있을 것 같습니다."

"좋은 방법이군. 서두르자고."

안나가 2층 창문 바로 아래까지 픽업 트럭을 몰았다. 나는 조심스럽게 운전석 지붕 위로 올라가서 바로 섰다. 그러자 유리창이 바로 눈 앞에 보였다. 혹시나 하고 열어 봤지만 잠겨 있는지 꼼짝도 하지 않았다. 가지고 있던 산탄총의 개머리판으로 유리창을 조심스럽게 깼다. 그리고 창틀 안으로 손을 넣어서 잠금장치를 풀고 옆으로 밀었다. 유리 가루가 쏟아지는 가운데 안나가 건넨 종이 박스를 깔고 안으로 들어갔다. 워낙 어두워서 순간적으로 무서웠지만 깨진 유리창으로 들어온 빛이 아무도 없는 텅 빈 사무실을 보여 줬다. 밖을 향해 괜찮다는 손짓을 하고는 조심스럽게 문을 열었다. 복도 역시 어두컴컴해서 눈에 익을 때 까지 잠시 기다려야만 했다. 복도에 있는 문을 일일이 열어서 안에 아무도 없는 걸 확인한 다음에야 아래층으로 내려갔다. 아래층은 더 어두웠는데 총기 진열장들이 마치 벽처럼 서 있었기 때문이다. 위에서 한참을 내려다보고 아무런 기척이 없다는 걸 확인한 다음에야 아래층으로 내려갔다. 출입문은 두툼한 쇠창살이 채워져 있었는데 다행히 자물쇠가 열쇠 없이 채워져 있었다. 주인이 쇠창살만 닫고 손을 안에 넣어서 자물쇠만 채워둔 것이다. 나중에 돌아와서 들어갈 수 있도록 조치를 취한 것으로 보였다. 쇠창살을 열고 밖에서 기다리고 있던 두 사람에게 말했다.

"안에 아무도 없어요."

안나가 눈에 띄지 않도록 옆 골목에 픽업 트럭을 대놓고, 총과 식료품을 가지고 안으로 들어왔다. 로튼 목사가 쇠창살을 닫고 자물쇠를 채운 다음 문을 닫았다.

"여긴 1층에 창문이 별로 없고 모두 쇠창살이 있어. 거기다 벽돌로 만들어서 좀비들이 긁는다고 어떻게 할 수는 없지."

"그런데 주인은 왜 이런 곳을 두고 떠났을까요?"

대답은 안나가 발견했다. 카운터 위쪽에 신문지가 하나 칼로 고정돼 있었는데 그 위에 스프레이로 '뉴 유니온 시티로 15일까지 오라'고 적혀 있었다. 그걸 본 내가 중얼거렸다.

"이틀 남았군요."

"여유롭게 도착해야지. 구조선이 열차도 아니고 제 시간에 와서 제 시간에 떠나겠어?"

로튼 목사의 말이 일리가 있었다. 나는 식료품을 내려놓고 주변을 돌아보는 안나에게 물었다.

"여기서 뉴 유니온 시티까지는 얼마나 걸리지?"

"차로 두 시간이면 충분해요. 대신 항구는 시내 반대편으로 지나가는데 시간이 좀 더 걸리고요."

"내일 아침에 해가 뜨면 출발하자."

"알았어요. 기름은 충분하니까, 다른 걸 챙겨 놓을게요."

안나의 얘기를 들은 로튼 목사가 말했다.

"그럼 나는 총을 좀 챙기지. 하느님의 말씀이 먹히지 않으면 다른 방법을 쓰는 수밖에는 없잖아."

"그럼 전 안나를 돕겠습니다."

바로 옆에 연결된 식료품 점으로 넘어갔다. 대부분 식재료들인데 전기가 끊기고 오랜 기간 방치된 탓에 대부분은 먹지 못할 것이었다. 다행히 물은 충분했고, 과자와 초콜릿이 제법 많았다. 안나는 어디에선가 찾아낸 가방 안에 초콜릿과 작은 생수병을 넣었고, 나머지는 가지고 총기 상점쪽으로 넘어갔다. 그 사이, 로튼 목사는 총기 진열대에서 여러 자루의 소총을 꺼냈다.

"7.62밀리 탄을 쓰는 AK 소총이 구경이 커서 효과가 있을 것 같아. 하지만 5.56밀리 탄이 들어가는 AR 쪽도 같이 챙기는 게 좋겠어."

"어차피 차를 타고 갈 거니까 여분을 챙겨도 상관없을 거 같아요."

"그럼 저것도 가져가지."

로튼 목사가 꺼내온 것은 권총 손잡이가 달린 검정색 산탄총이었다.

"베넬리사 산탄총이야. 군대 있을 때 써 봤는데 편하더군."

"알겠습니다."

목적지에 거의 다 왔고, 안전한 장소에 있다는 생각 때문인지 나를 포함해 모두 여유를 찾았다. 모처럼 모여 앉아 과자로 배를 채우며 얘기를 나눴다. 주로 '구조선이 진짜 있는지'에 대한 이야기였는데 안나가 라디오 방송으로 들었고, 총기 상점의 주인이 메시지를 남긴 걸로 봐서는 사실이 분명했다. 그리고 내가 기억하는 이번 게임도 항구에 도착하는 것이 끝이었다. 물론, 도시에 있는 군사 기지에서 좀비와 또 싸워야 하지만 거기에는 기관총부터 심지어 RPG-7 대전차 로켓 발사기까지 있어서 쉬운 편이었다. 이제 다 끝났다는 생각과 함께 과연 게임이 끝나면 현실로 돌아갈 수 있을지 궁금했다. 이런 저런 생각을 하는데 다들 피곤한지 자러 갔다. 안나는 식료품점으로 넘어갔고, 나와 로튼 신부는 총기 상점에 남아 의자를 붙인 채 잠을 청했다.

다음 날, 우리 셋은 거의 동시에 깨어났다. 물이 풍족한 덕분에 세수를 했고, 식료품 점에서 같이 판매하는 옷으로 갈아입었다. 나는 검정색 후드에 부니 햇을 썼고, 로튼 신부는 갈색 윈드 점퍼를 셔츠 위에 걸쳤다. 안나는 움직이기 편한 트레이닝복으로 갈아입었다. 체력 게이지는 꽉 차 있었고,

무기와 탄약 숫자도 넉넉했다. 기지개를 켠 로튼 신부가 말했다.

"이제 슬슬 떠나 볼까?"

안나가 식량과 물이 든 가방들을 들고 나왔고, 나와 로튼 신부는 무기를 챙겨서 떠났다. 떠날 때는 처음처럼 문을 열고, 쇠창살을 닫은 다음에 안쪽으로 자물쇠를 채웠다. 좀비는 못 들어오겠지만 다른 사람이라면 들어올 수 있는 상태가 된 것이다. 안나가 골목에 주차한 픽업 트럭을 앞으로 몰고 왔다. 내가 짐칸에 올라가자 로튼 신부가 웃으면서 따라 올라왔다. 그때, 도로 끝에서 살려달라는 외침이 들렸다. 나와 로튼 신부는 벌떡 일어나서 소리가 나는 곳을 쳐다봤다. 잠시 후, 어처구니없는 모습이 보였다. 키만 한 배낭을 맨 백인 젊은이가 좀비들을 달고 도망치는 중이었다. 배낭이 너무 무거워서 제대로 속도를 내지 못하고 있었다. 그걸 본 나와 로튼 신부는 거의 동시에 외쳤다.

"배낭을 버려!"

하지만 젊은이는 정신이 없었는지 그냥 살려달라고 외치면서 뛰어오기만 했다. 답답한 나머지 배낭을 벗으라는 손짓을 하자 그제야, 알아차렸는지 배낭을 벗고 뛰어왔다. 한숨 돌리는데 안나가 외쳤다.

"시동이 안 걸려요!"

그 얘기를 듣자마자 로튼 신부가 AK 소총을 들고 쫓아오는 좀비들을 겨눴다. 나도 따라서 총을 겨눴다. 그리고 로튼 신부와 거의 동시에 발사했다. 도망쳐 오던 백인 젊은이는 허리를 바짝 숙였다. 권총이나 사냥총과 차원이 다른 총성과 반동이 느껴졌다. 다가오던 좀비는 팔이나 다리 몸통을 맞아도 픽픽 쓰러졌다. 하지만 몰려오는 좀비가 워낙 많아서 거리는 금방 좁혀졌다. 그 와중에 배낭을 버린 백인 청년이 숨을 헐떡거리며 도착했다. 지쳤는지 짐칸에도 올라오지 못하는 걸 보고는 총을 내려놓고 등을 잡아서 끌어올렸다. 그 와중에 시동이 걸렸는지 차가 크게 흔들렸다. 그 바람에 뒤로 넘어지면서 뒷머리를 바닥에 심하게 부딪쳤다.

"으윽!"

엄청난 통증과 함께 이명이 들려왔다. 그 와중에 픽업 트럭이 출발해서 쫓아오던 좀비들은 삽시간에 멀어졌다. 총을 내려놓은 로튼 신부가 다가왔다.

"이봐! 괜찮아?"

구급상자를 열고 붕대를 뒷머리에 갖다 댔다. 그리고 배낭을 버리고 탄 백인 청년에게 꼭 잡고 있으라고 얘기했다. 백인 청년이 떨리는 손으로 머리를 꽉 잡고 있었다. 그러면서 연신 미안하다고 말했다. 로튼 목사가 이름과 함께 뭘하고 있었느냐고 물었다. 백인 청년은 자신의 이름이 알렉스고 미국 횡단 여행 중이라고 대답했다.

"대학교 졸업하기 전에 추억을 만들어 보려고 했어요."

산 속에서 쭉 걷다가 얼마 전에 도시로 내려와서 무슨 일이 벌어졌는지 몰랐다는 말에 로튼 신부는 '신이시여'라고 중얼거렸다. 픽업 트럭이 속도를 높여 에블린 타운 하우스를 빠져나갔다. 운전을 하고 있던 안나가 외쳤다.

"앞에 차들이 없어요. 뉴 유니온 시티에 금방 도착할 거 같아요."

그 얘기를 들은 로튼 신부가 누워 있는 나에게 말했다.

"좀 만 참아. 이제 곧 도착할 거야."

하지만 난 웃을 수 없었다. 넘어진 충격 때문인지 게임의 결말이 떠올랐기 때문이다.

"나는 못 가."

기한 내에 뉴 유니온 시티에 도착한다고 해도 구조선을 타지 못한다. 왜냐하면 '데드 앤드 언데드 3: 뉴 유니온 시티' 때문이다. 그곳에 도착해 모종의 이유로 구조선을 타지 못하고, 도시에서 물자와 무기를 모으고 생존하는 FPS 게임을 또 해야 한다. 그것도 무려 40일이나 말이다. 문제는 그 다음이다. 4편 '언데드의 제왕'에서는 도시에 갑자기 나타난 대왕 좀비와 싸워야 했고, 그 다음 편인 5편 '미지의 세계'에서는 겨우 구조선을 탔지만 기관 고장으로 표류했다. 그 와중에 배에 좀비가 타서 좁은 공간에서 그들과도 싸워야 했다. 6편인 '골렘의 섬'에서는 천신만고 끝에 어느 섬에 도착하지만 그곳 원주민들이 골렘이라고 부르는 좀비들과 또 싸워야 했다. 7편 '좀비 영웅의 길'에서는 유엔에서 보낸 구조대에 구출됐지만 좀비 아포칼립스의 원인을 찾아야 한다는 이유로 시베리아로 보내졌다. 다행히 8편은 아직 출시 전이었지만 그게 문제가 아니었다. 무려 외전이 두 개나 있었다.

"맙소사."

'언제 게임을 다 끝내지'라고 생각하다가 차츰 정신을 잃었다. 눈을 감기 전 하늘이 보였는데 마치 하늘 너머의 무언가가 나를 내려다본다는 느낌이 들었다.